世界侦探推理名著文库

[美] 达希尔·哈米特 著
赵苏苏 译

马耳他之鹰

群众出版社
·北京·

图书在版编目（CIP）数据

马耳他之鹰／（美）哈米特（Hammett，S. D.）著；赵苏苏译．—北京：群众出版社，2014. 1

（世界侦探推理名著文库）

ISBN 978-7-5014-4979-8

Ⅰ.①马…　Ⅱ.①哈…　②赵…　Ⅲ.①侦探小说—美国—现代

Ⅳ.①I712. 45

中国版本图书馆 CIP 数据核字（2011）第 282456 号

世界侦探推理名著文库

马耳他之鹰

［美］达希尔·哈米特　著

赵苏苏　译

出版发行：群众出版社

地　　址：北京市西城区木樨地南里

邮政编码：100038

经　　销：新华书店

印　　刷：北京市泰锐印刷有限责任公司

版　　次：2014 年 1 月第 1 版

印　　次：2024 年 4 月第 3 次

印　　张：8. 5

开　　本：880 毫米×1230 毫米　1/32

字　　数：182 千字

书　　号：ISBN 978-7-5014-4979-8

定　　价：29. 00 元

网　　址：www. qzcbs. com

电子邮箱：qzcbs@ sohu. com

营销中心电话：010-83903254

读者服务部电话（门市）：010-83903257

警官读者俱乐部电话（网购、邮购）：010-83903253

文艺分社电话：010-83903973

本社图书出现印装质量问题，由本社负责退换

总序

阅读经典　收获智慧

于洪笙

在色彩缤纷的世界文学园林里，侦探推理小说是一株盛开着奇异的花朵、分外引人入胜的巨大乔木。《中国大百科全书》“外国文学卷”对“侦探推理小说”这个词条是这样定义的：它是西方通俗文学的一种体裁，与哥特式小说、犯罪小说以及由它们衍生出来的间谍小说、警察小说、悬疑小说同属惊险神秘小说的范畴。侦探推理小说主要描写具有惊人推理、判断能力的人物根据一系列的线索，破解犯罪（多是凶杀）的疑案。它的结构、情节、人物，甚至环境都有一定的格局和程式，因此它也是一种程式文学。

但就是这种文学样式，在自己并不太长的发展历史中，创造出两个奇迹：其一，产生了一个读者不准其死去的文学形象“福尔摩斯”。英国作家柯南·道尔一八八七年在《血字的研究》中创造了他，从此福尔摩斯成为人类智慧的符号并承担起人类“保护神”的重任。这不仅标志着福尔摩斯这个人物形象在文学意义上的不朽，更重要的是在现实生活中世界读者对它的需求，这是从人类文学产生之日起任何文学形象所不能比拟的。其二，产生了一位被称作“侦探小说女王”的作家——阿加莎·克里斯蒂。在她生前，即二十世纪六十年代，她的作品就在一百多个国家发行了四亿多册，仅次于《圣经》。如果考虑到《圣经》的销售主要依赖于悠久的宗教历史和庞大的教会系统作为背景的话，那么克里斯蒂就是世界文学史上最受读者欢迎的作家了。

不朽的人物形象、世界上最高的图书销

售量，均是在侦探推理小说领域创造的。如果我们还不能就此下结论说侦探推理小说是最好的文学样式，那么至少可以说它是最受读者欢迎、极具文学魅力的文学样式。

自一八四一年美国作家爱伦·坡创作《莫格街凶杀案》之后，侦探推理小说便以其曲折的情节、强烈的悬念、严谨的逻辑为表现手段，闪耀着理性的光芒，以智慧文学的形式显示出独有的魅力，在世界文坛上脱颖而出。从此，侦探推理小说便在世界各国拥有广大的读者，有关图书始终占据着国际图书市场销售量的四分之一以上，成为其他文学类图书难以企及的畅销、长销的图书类型。究其原因，侦探推理小说强大的生命力无非是由它的内容和形式所决定的。首先，侦探推理小说的巨大魅力，在内容上与它在审美上的主体意识被读者认可有关。一篇（部）优秀的侦探推理小说，不管故事发生在何国何时，不论篇幅长短，它都不能缺少一位正面人物。这个正面人物继承的是世界文学传统，如史诗、悲剧中的英雄原型。在这个带有英雄色彩的正面人物即“侦探”身上，体现着人文精神和对人性的优点的描述，如正义、智慧、维护文明秩序，为纠正法制生活中的失衡、偏颇而奋不顾身等。他的主体人格应该是伸张正义、嫉恶如仇、尽忠职守、视死如归。这样一个在社会生活中具有奉献精神、牺牲精神的文学角色被创造者赋予的理想的色彩，是人类在生存、繁衍、发展、进步、创造文明的过程中所必须发扬光大的。正如比利时著名诗人维尔·哈伦所说：“文学的主旋律是对人的肯定和人性的张扬。”因为信仰、理想犹如阳光对于万物，是被人类自己肯定、歌颂的，所以它便具有了永久的魅力。这种理想色彩的魅力，满足着人类对英雄的崇拜需求，也就是人类对自己理想的肯定。

与此同时，侦探推理小说是用故事的载体，反映着人类同自身存在的毒瘤——犯罪的斗争，是人类对自身文明进化过程的不断反思。文明与犯罪，是人类历史进程中的双生子，而人类是必须要前进的，因此，同形形色色的犯罪作斗争，则集中反映着正义与邪恶、文明与贪欲、“真善美”与“假恶丑”的较量，体现着人类对自身理想的坚定捍卫。在这种较量中，文学的真谛得到了阐述。从这个角度讲，侦探推理小说还应在“智慧文学”前面加上“理想文学”。

同时，关于侦探推理小说在文本形式上的魅力，早在二十世纪三十年代，意大利杰出的马克思主义理论家安东尼·葛兰西就做了研究。他写道：“侦探推理小说这类书籍为什么总是令人读得如此入迷？它们能使人们得到什么样的满足？符合怎样的兴致？它们能给予人们什么样的特殊幻美？……阅读时，人们在幻想着‘美丽的’、‘有趣的’冒险，这种冒险应是个人不受约束的主动的精神表现。”

好奇地逗留在事物面前，屏住呼吸并密切地注视它们的奇异性，这是人的特性。

而正是这种好奇心，促使人类产生了区别于动物的伟大的想象功能。想象，这一人类本身所具有的天性，是人类生存、发展和创造文明的需要。正是想象才构成了人类行为中的创造性的基本特征。没有了想象，只知道追求近前的目标，人们就会减弱并失去活力。正是想象，激发着人类走向一个又一个未知的世界。在想象中去探秘，去历险，去体验英雄般的感受，人们这一古老的愿望正是在侦探推理小说中得到了满足。

作为一种智慧文学，侦探推理小说情节的主要框架是解谜，而读者的阅读实质上即是参与分析、判断、推理的解谜过程。对青少年读者来说，这更能激发他们的好奇心及探险、揭秘的心理，进而满足他们想象的乐趣、思索的乐趣、发现的乐趣、参与的乐趣，使他们在阅读的愉悦中不知不觉地进行了思维训练，提高了智能。因此，人们称侦探推理小说是“脑力体操”，这种脑力体操对当今的青少年尤为重要。

日本东京创造力开发研究所所长山上定也先生认为："推理锻炼可以使头脑聪明，而作为一个现代人，应当及时掌握当代独特的成功利器——信息推理术，并把它和演绎法相结合，这能使你由此及彼、由表及里、举一反三、触类旁通，从而以高超的创造力迎接信息社会的挑战。"这番话倒是从另一个角度回答了孩子们为什么爱读侦探惊险作品的问题。一九九八年，由中国出版工作者协会少儿读物工作委员会和中华读书报社联合进行的"中国的孩子爱读什么书"的调查结果显示，侦探惊险作品超过"卡通漫画"及"寓言童话"，独占鳌头。

基于以上原因，由北京侦探推理文艺协会和群众出版社联合策划，决定推出《世界侦探推理名著文库》这套丛书，作为献给全国热爱这一文学样式的广大读者的一份珍贵的礼物。北京侦探推理文艺协会是我国目前在侦探推理文学研究、创作领域唯一的专业协会；群众出版社则是最早翻译出版《福尔摩斯探案全集》和大量世界侦探推理佳作的全国著名的出版机构，在此样式的出版上声誉卓著。协会与出版社强强联合推出这套丛书，意在从权威的角度向读者推荐世界侦探推理文学领域的泱泱名作，其中包括这一文学样式在一百七十多年发展历程中涌现出的众多流派的巅峰之作。与此同时，对收入本套丛书的每部作品，我们均特邀专家撰写导读文章，发挥他们各自独特的审美才华，对文库收纳的众文本进行阅读上的尽情评点，从而使广大读者更加明白什么叫精彩、什么是名著、悬疑之美是如何形成的……从某种角度上看，我们这种阅读加欣赏、点评的做法是希冀读者在读完文库后能有一个宏观上的史线般的阅读收获，即知晓在世界侦探推理文学领域有哪些优秀的代表作家，那些精彩绝伦的作品为什么能够影响至今。如果这些不是我们的奢望的话，那么丰富的知识信息定会使这些图书成为读者朋友阅读、收藏、研究这一文学样式的最佳文本。

爱因斯坦说过：“我们所能有的最美好的经历是对神秘的感悟。它是坚守在真正艺术和真正科学发源地的基本感情。谁要是体验不到它，谁要是不再有好奇心，也不再有惊讶的感觉，那就形同行尸走肉……”让我们放松心情，敞开胸怀，捧上这些充满神秘、惊险、智慧并能引发我们的好奇心的经典之作！让阅读这些作品成为我们人生最美好的经历吧！

（本文作者为中国人民公安大学教授、北京侦探推理文艺协会常务副会长）

导读

永远的硬汉

赵苏苏

硬汉派侦探推理小说始于二十世纪三十年代美国的大萧条时期。当时经济一落千丈，失业率居高不下，大城市里黑帮肆虐。执法机构庸腐无能，甚至不乏官匪勾结、狼狈为奸。民众对现实状况，特别是社会治安颇有微词。于是，硬汉派侦探推理小说应运而生。这类小说的主角往往是一名意志如钢的私家侦探，无视法律规则，与犯罪分子斗争不择手段，却常常出奇制胜，而与此相对应的则是执法人员的愚蠢与低效。这类小说的写法一反福尔摩斯式的推理模式，情节发展迅速，文笔生动，采用俚语对白，具有强烈的现实感，从而受到了广大在大萧条中需要发泄郁闷之气的读者的欢迎。这种小说甚至一度登堂入室，成为主流文学的一个重要分支，散发着浓郁的美国气息，而哈米特就是这一新小说形式的开创者。

塞缪尔·达希尔·哈米特一八九四年生于美国马里兰州圣玛丽县的一个叫作“霍普威尔与艾姆”的农场，后来在费城和巴尔的摩长大。一九一五年，哈米特来到旧金山赫赫有名的平克顿侦探社从事侦探工作，这段经历成了他日后文学创作的主要源泉。

第一次世界大战开始之后，哈米特应征入伍，在救护队工作。退役之后，哈米特回平克顿侦探社工作了一段时间。一九二二年，平克顿侦探社破坏罢工的行径使嫉恶如仇的哈米特心生反感，于是他辞去了侦探社的工作，先是从事广告宣传工作，后来主要从事写作。在侦探社的经历使他获得了大量的写作素材。他的短篇小说在通俗杂志上频频发表，很受读者欢迎。

一九二九年，哈米特的长篇小说《血腥的收获》问世。这部小说用第一人称的方式讲述了一名私家侦探在一个小城里摧毁了一个错综复杂的犯罪组织的故事，从而开创了硬汉派侦探推理小说的先河。过了不到一年，哈米特出版了他的第二部小说《戴恩家的祸祟》，讲的是一名私家侦探从一起钻石盗窃案入手，接连破获一桩又一桩命案的故事。到了一九三〇年，哈米特已经拥有了广大的读者，他决定用一个崭新的角色来打开一片新天地。

在接下来的一部小说中，哈米特首创了山姆·斯佩德的形象。斯佩德是一个粗野而孤独的私家侦探，有着明确的做人原则。他游离于法律之外独自办案，毫不气馁地寻找真相，无论付出多大的代价都要对付社会上的那些“污泥浊水”。这部小说就是哈米特最为脍炙人口的代表作——大名鼎鼎的《马耳他之鹰》，讲述了一个有关贪婪与背叛的故事。《马耳他之鹰》问世之后好评如潮，头一年就印刷了七次。有评论家称其为“胜过海明威任何一部小说的硬汉派第一名作”，属于那种你可以不喜欢，却不可以不读的侦探推理小说。一九四一年，小说被搬上银幕，好莱坞硬汉博加特成功地出演了这位颇具理想主义气概的私家侦探斯佩德。该片一举成为黑白影片的经典之作。

《马耳他之鹰》一炮打响后不久，哈米特又写出了《玻璃钥匙》。小说抨击了政治的黑暗与权力的腐败。《纽约时报》称它“把福尔摩斯的传统与海明威的风格熔于一炉”。

哈米特积极参与“左派”政治运动，于一九三七年加入了美国共产党。一九四二年年初，珍珠港事件发生后不久，一贯坚决反对纳粹的哈米特再次报名参军。离开军队后，哈米特开始在纽约的一所马克思主义学校里教授写作。一九四六年，他当选为左翼组织民权大会的主席。从此，他把主要精力用在了民权大会的工作上。在麦卡锡主义盛行的二十世纪五十年代，左翼人士广受迫害，哈米特也受到了国会的调查，被列入了黑名单。

一九六一年一月十日，哈米特因肺癌病逝于纽约的一家医院。作为一名参加过两次世界大战的老兵，他被安葬在了美国的“八宝山”——阿灵顿国家公墓。

尽管哈米特只写有五部长篇小说，他却一直是他那个时代最有分量的作家之一。他的硬汉派侦探推理小说对后来的美国电影与电视剧创作产生了极大的影响。他的作品以真实性和现实主义著称，正如他自己所说：“我笔下所有的人物都是基于我所认识的人或听说的人而写出的。”雷蒙德·钱德勒被认为是哈米特的衣钵传人，他说：“哈米特绝对是我们的掌门人……他语言简朴，惜墨如金，文风冷峻，但是他却一次又一次地写出了只有最优秀的作家才能写出的作品。”

哈米特现在被广泛地认为是有史以来最出色的侦探推理小说作家之一。《纽约时报》在讣告中称他为“硬汉派侦探推理小说的领军人物”。

哈米特不是完人，却是铁汉。硬汉派侦探推理小说不是白璧无瑕，却以它独特的风格进入了经典之列。

（本文作者为资深翻译家）

目　录

目 录

第一章
斯佩德-阿彻侦探社

塞缪尔·斯佩德的脸又瘦又长。他的尖下巴向前撅起，像个“倒八字”。下巴上方的嘴巴也呈“倒八字”，只不过是线条较为柔和罢了。他的两个鼻孔弯成一个更小的“倒八字”。只有那对灰黄色的眼睛是一字形的。两撮浓眉从鹰钩鼻上方的两道竖纹处朝斜上方挑起。一头浅褐色的头发从两边高而扁平的太阳穴往前额聚拢，聚成一点，又形成了“倒八字”。他看上去兴致不错，活脱一个粉面阎罗。他对埃菲·佩林说：“有事吗，亲爱的?”

埃菲·佩林是个身材瘦长、皮肤被晒得黝黑的姑娘。一条棕黄色的薄羊毛裙紧裹在她身上，仿佛穿了件湿布衫。她那张阳光男孩般的脸上闪耀着一对棕色的淘气眼睛。她顺手把门关上，靠在门上说："有个姑娘要见你，她叫温德利。"

"是委托人吗?"

"也许是吧。你准喜欢见她。她长得可靓呢，属于那种万人迷。"

"带她进来吧，亲爱的。"斯佩德说。

埃菲·佩林重又推开门，走入外面那间办公室，一只手按在门把手上说："请进，温德利小姐。"

只听一声甜甜的"谢谢"，嗓音柔极了，只有用地道的发音方法才能吐字如此清楚。一位年轻女子走进门来。她迈着踌躇的步子慢慢走来，用宝石般的蓝眼睛望着斯佩德，眼神里既有腼腆又有试探。她高高的个子，非常苗条，身上没有一处棱角。她身材挺拔，胸部高耸，腿、手和脚都很修长。也许由于眼睛是蓝色的缘故，她涂着蓝色的眼影。蓝帽子下面的鬈发是深红色的，而她的满嘴口红则更鲜亮一些。她的脸上浮现着羞怯的微笑，洁白的牙齿在弯弯的笑口中闪闪发光。

斯佩德起身行礼，示意她坐在他办公桌旁的一把窄扶手的橡木椅子上。他身高足有一米八三，圆滚滚的溜肩膀使得他的身材看上去有些滑稽——不够宽却足够厚——也使他身上那件新近熨过的灰色上衣显得很规整。

温德利小姐喃喃道："谢谢。"声音是那么轻，然后坐在木椅子的前沿上。

斯佩德坐回自己的转椅中，转了四分之一圈，面向她，礼貌地微笑着。他微笑时不开启嘴唇。他脸上所有的"倒八字"都变长了。隔着关闭的房门，隐隐传来埃菲·佩林噼噼啪啪的打字声。隔壁办公室里，一台电动机器在沉闷地嗡嗡作响。斯佩德的办公桌上放着一个铜烟灰缸，烟灰缸里满是掐灭了的烟蒂，有一根烟蒂尚在燃烧。黄色的办公桌桌面上、绿色的吸墨纸上，以及桌上的文件上，都散落着烟灰。院子里一阵带有氨水气味的轻风吹进两米多宽、挂有浅黄色窗帘的窗户。桌上的烟灰随着轻风跳动移行。

温德利小姐望着跳动移行的灰色烟灰，显得很不安。她坐在椅子的最外沿上，两脚平踏在地，就像要站起来似的。她那戴着黑手套的双手紧抓着腿上的一个黑色皮包。斯佩德向后一仰，仰靠在椅背上，问道："我能为你做些什么，温德利小姐?"

她喘了一口气，看着他，咽了口唾沫，匆匆地说道："你能不能——我原想——我——事情是——"然后她用洁白的牙齿紧咬住下嘴唇，说不出话来。现在只有她那深色的眼睛在说话，在恳求。

斯佩德微笑着点了点头，好像完全明白她的意思。不过他的态度很好，仿佛所谈的事情没有什么大不了的。他说："如果你把事情告诉我，从头讲起，那么我们就知道该怎么做了。最好从头说。"

"那是在纽约。"

"嗯。"

"我不知道妹妹是在哪儿认识的那个男的。我是说我不知道在纽约的什么地方。妹妹比我小五岁，才十七岁。我们的朋友圈子不一样。我认为我们从来都不像亲姐妹那么亲密。爸爸、妈妈这会儿在欧洲。这件事会要他们的命。我一定得趁他们回国之前把她找回来。"

“嗯。”他说。

“他们下个月月初就要回来了。”

斯佩德的眼睛亮了起来。“这么说，咱们还有两个星期。”他说。

“直到她写了一封信给我，我才知道她干了些什么，我气坏了。”她嘴唇发抖，两只手只顾揉搓腿上的黑皮包，“我害怕她被抓到警察局去。我就是担心她出事才来这儿的。我别无出路，不知道该怎么办。我该怎么办呢？”

“当然是毫无办法。”斯佩德说，“不过，后来她来信了吗？”

“我发了封电报叫她回家。我发的电报是留局待取的。这是她给我的唯一地址。我等了整整一个星期，可是没有回音，她从此杳无音信。爸爸、妈妈回来的日子日益迫近，所以我只好到旧金山来寻找她。我写信告诉她我要来。我不该写信吧？”

“也许不该写。人总是很难知道该做什么。你没找到她吧？”

“没有。我写信给她，说我在圣马克旅馆等她。我求她来跟我谈谈，即使不愿意跟我回去也要来见见面。可她没来。我等了三天，她就是不来，也没给我捎个信儿什么的。”

斯佩德点了点他那粉面阎罗般的头，同情地皱了皱眉，抿紧了嘴唇。

“这太可怕了，”温德利小姐勉强地笑了笑，“我不能老这么坐等，既不知道她究竟出了什么事，也不知道她会出什么事。”她不再强作欢颜，开始浑身颤抖，“我手头唯一的地址就是留局待取的信上的地址。我又给她写了封信。我昨天下午去了邮局，在那儿等到天黑，可我没见到她。今天早上我又去了邮局，还是没见到科琳，不过我看见弗洛伊德·瑟斯比了。”

斯佩德又点了点头，让皱着的眉头舒展开，摆出一副全神贯注的神情。

“他不肯告诉我科琳在哪儿，”她绝望地继续说道，“他什么都不肯告诉我，只是说她很好，很快乐。可我怎么能相信这个？不管怎样，他只肯说这么多。”

“当然，”斯佩德赞同道，“也可能他说的是实话。”

“但愿如此。我真的希望是那样，”她失声喊道，“可是我没见到她本人，连电话都没通过，总不能就这么回去呀！他不肯带我去见她，他说她不想见我。这话我可不信。他答应告诉她，说他见过我了。如果她肯来，他就带她来跟我见见面……就在今天晚上，到旅馆里来。他说他知道她不会来。他还承诺，如果她不肯来，他就自己一个人来。他……”

门开了，她吃了一惊，赶紧用手捂住嘴，不作声了。

开门的人刚走进来便说：“啊，对不起！”然后迅速摘下头上的棕色帽子，向后退了出去。

“没关系，迈尔斯，”斯佩德对此人说，“进来吧！温德利小姐，这位是阿彻先生，我的合伙人。”

迈尔斯·阿彻重新走进办公室，顺手把门关上，低下头对温德利小姐微微一笑，一只手拿着帽子，施了个礼。他中等身材，体格健壮，宽肩膀，粗脖子，一张红脸，下巴方正，整齐的短发中夹杂着几根银丝。他看上去有四十好几了，就像斯佩德看上去有三十好几了一样。

斯佩德说：“温德利小姐的妹妹跟一个名叫弗洛伊德·瑟

斯比的家伙从纽约私奔了。他们目前在本市。温德利小姐见过瑟斯比，约好与他今晚见面。也许他会把她妹妹带来，不过看来多半不会。温德利小姐要咱们找到她妹妹，叫她跟那个男的分手，回家去。”他瞧着温德利小姐，“对吧？”

“对。”她含混地回答道。斯佩德那逢迎的微笑、点头和鼓励本来已经使她不再发窘了，可是现在她又开始窘得脸红起来。她望着腿上的皮包，神经质地用戴着手套的手拉住它。

斯佩德对自己的合伙人使了个眼色。迈尔斯·阿彻走上前来，站在办公桌边上，趁姑娘瞅自己皮包的时候上下打量着她。他那对棕色的小眼睛居然大胆地把她从头到脚看了个遍。然后，他望着斯佩德，嘴巴无声地做了个吹口哨的动作，表示欣赏。

斯佩德抬起原来搁在椅子扶手上的手，竖起两根手指头，朝迈尔斯·阿彻做了个短短的警告手势，然后对姑娘说：“我们不希望出什么事。我们要干的不过是，今天晚上派个人到旅馆去，在瑟斯比回去的时候跟上他，一直跟到令妹那儿去。如果令妹跟瑟斯比一起来，并且你能说服她跟你一道回去，那是最好不过的了。但是如果我们找到了她，她却不愿意离开他，那么我们就只好再想法子酌情处理了。”

阿彻说：“对。”他嗓音沙哑，粗声粗气。

温德利小姐迅速地抬头望了望斯佩德，皱起了眉头。“不过，你们一定得小心！”她的声音有些发抖，嘴唇不安地抽动着，好不容易才吐出这几个字来，“一想到他可能干出什么事，我就怕得要命。妹妹那么年轻，他竟然把她从纽约带到这儿来，这本身就很可怕！他会不会——对她干出什么事情来？”

斯佩德微微一笑，拍了拍椅子的扶手。“这件事就交给我们好了，”他说，“我们知道怎么去对付他。”

“可是他会不会干出那种事？”她一个劲儿地问。

“任何事情都有可能发生。”斯佩德审慎地点了点头，“不过你尽管放心，就让我们来处理这件事好了。”

“我信得过你们，”她诚挚地说，“不过我想要你们知道，他是个危险的家伙。老实说，我认为他天不怕地不怕。我觉得，为了保全自己，他甚至会毫不犹豫地把科琳杀掉。他会不会那么干？”

“你有没有威胁过他？”

“我跟他说，我只要求让妹妹赶在爸爸、妈妈回来之前回家，那样就可以把她做的事遮掩过去了。我答应他，只要他肯帮我这个忙，我就什么都不说。可如果他不肯，爸爸一定会找他算账的。我——我认为他根本就不相信我。”

“要是瑟斯比娶了你妹妹，可以把事情摆平吗？”阿彻问道。

姑娘脸红了，用羞涩的声音回答说：“他在英国有老婆和三个孩子。科琳写信跟我说过，她就是因为这个才跟他出走的。”

“浪荡男人常常会这么干，”斯佩德说，“不过在英国还不多见。”他探身去拿纸和笔，“他长什么样？”

“啊，有三十多岁。跟你差不多高。挺黑，要么是天生就黑，要么是被晒黑的。头发也是黑色的，眉毛很浓。说话大嗓门儿，举止神经质，脾气暴躁，给人一种粗暴的印象。”

斯佩德在纸上草草地写了几笔，眼都不抬地问：“眼睛什么颜色？”

“蓝灰色，水汪汪的，可不是眼泪汪汪。还有——啊，对了，下巴上有条凹缝。”

“身体瘦弱、中等还是壮实？”

“他身体相当棒。宽肩膀，腰杆儿笔直，十足的军人气派。今天早上我看见他的时候，他穿着一件浅灰色上衣，头上戴一顶灰帽子。”

“他是干什么的？”斯佩德放下铅笔问道。

“我不知道，”她说，“我一点儿都不知道。”

“他说什么时候来见你？”

“八点钟以后。”

“好吧，温德利小姐，我们会派个人，也许——”

“斯佩德先生，是不是请你或者阿彻先生亲自出马？”她做了个恳求的手势，“是不是能请你们二位当中的哪一位辛苦一趟？我不是说你们派的人不行！不过，我真怕科琳出什么事。我真的害怕瑟斯比。你们能去吗？当然，费用我会多付些。”她神情紧张地打开皮包，拿出两张一百美元的钞票，放到了斯佩德的办公桌上，“够吗？”

“好吧，”阿彻说，“我亲自来办这件事好了。”

温德利小姐站起身，冲动地向他伸出了手。“谢谢你！谢谢你！”她大声说。然后她和斯佩德握了握手，再次说道：“谢谢你！”

“哪儿的话！”斯佩德握着她的手说，“乐意为你效劳。如果你和瑟斯比在楼下见面，或者找个机会和他一起在大堂里我们看得见的地方待上一会儿，对我们来说就更方便了。”

“我一定照办。”她答应道，并再次向他们道谢。

“你不必寻找我，”阿彻提醒她道，“让我看见你就行了。”

斯佩德把温德利小姐送到了通向走廊的门口。他返回到办公桌旁时，阿彻朝两张百元钞票点了点头，得意扬扬地大声嚷道：“还不错!”他拿起其中的一张，折起来，塞进了内衣口袋，“她皮包里还有好多呢。”

斯佩德把另一张钞票放进自己的口袋，坐下来，然后说：“好啦，别对她动心思。你认为她怎么样?”

“可爱之极！可你还让我别对她动心思。”阿彻忽然面无喜色地狂笑了一声，“山姆①，虽然是你先见到她的，可是我却先引起了她的好感。”他两手插在裤兜里，扭着脚后跟摇摆起来。

“你沾上了她一定会坏事，准没错。”斯佩德像狼似的咧嘴一笑，把后槽牙都露了出来，“你得多长几个心眼儿，是的，多长几个心眼儿。”他开始动手卷一支烟。

① 塞缪尔的昵称。

第二章 雾夜血案

黑暗里响起了电话铃声。铃响了三遍之后，床垫的弹簧吱吱嘎嘎地响了起来。手指在木头上摸索，一件小小的硬东西噗的一声掉落在铺着地毯的地上。弹簧又吱吱嘎嘎地响了起来。一个男人的声音："喂……是啊，请讲……死了？……嗯……十五分钟。谢谢。"

随着开关咔嗒一声响，天花板中央由三根镀金链条吊着的白色碗形吊灯照亮了房间。斯佩德赤着脚，身穿绿白格子的睡衣坐在床沿上。他沉着脸看了看桌上的电话，从电话机旁拿起一张棕色卷烟纸和一袋"达勒姆牛头"牌烟丝。潮湿的冷空气从两扇敞开的窗子进到屋里来。传来了从阿尔卡拉斯监狱里发出的号声。这单调的号声一分钟响六下。一只小闹钟立在一本杜克著的《美国著名罪案录》的书角上，好像随时会掉到地上。书的封面朝下。闹钟的指针指着两点零五分。

斯佩德刻意用自己的粗手指头仔细地卷起烟来。他挑出一定量的棕色烟丝，放在被卷弯的纸上，再把烟丝铺得两头一般平，中间稍塌一点儿。然后，他用两根大拇指把纸往外一卷，用食指将外层捻紧。大拇指和另外几根手指滑到烟卷的两头，把烟卷夹住。随即，他用舌头舔了舔纸边，用左手食指和大拇指捏住烟头，用右手食指和大拇指把舔湿的纸边捋平。最后，他把烟卷儿的一头拧紧，把另一头塞进了自己的嘴里。他捡起那只掉在地上的镍合金打火机，按了一下。他用嘴角叼着点燃的烟卷，站起身来。他脱掉了睡衣，露出了粗壮的双臂、双腿和身体。他那圆滚滚的厚实的肩膀向下塌着。他看上去就像一只熊，一只被剃光了毛的熊：没有胸毛，粉红色的皮肤像孩子的皮肤一样柔软。

他挠了挠后脖颈，开始穿衣服。他穿上了薄薄的白色的连衫裤、灰色的袜子、黑色的吊袜带、深棕色的皮鞋。系好鞋带之后，他拿起电话，接通了格雷斯通街四五〇〇号，要了一辆出租车。接着，他穿上了一件白底、绿色条纹的衬衫，系上了一条绿色的领带，又套上了白天穿的那件灰色上衣和一件宽大的粗呢大衣，戴上了一顶深灰色的帽子。正当他匆匆地把烟丝、钥匙和钞票塞进口袋里时，街门的门铃响了起来。

在布什街通往山下的唐人街的路口，斯佩德打发走了出租车。旧金山淡淡的夜雾使街上的一切都影影绰绰。在离斯佩德下车之处几米远的地方，有一堆人聚在一起，朝一条小巷张望着。布什街的另一侧站着一男两女，也朝这条小巷张望着。小巷中住户的窗子里有人向外张望。

斯佩德穿过了人行道。人行道两侧是一些带铁栅栏的升降口，升降口开在难看的山路阶梯顶端。他来到护墙旁，把手搁在潮湿的墙顶上，朝山下的斯托克顿街望去。一辆汽车嗖的一声从下方的隧道口蹿出，仿佛是被炸出来的似的，呼啸着跑掉了。离隧道口不远处有个人蹲在一块电影广告牌前面。一根煤气管子横在两座二层楼之间的空地上。这个蹲着的人为了往广告牌底下看，脑袋几乎贴到了人行道上。他一只手撑在地上，另一只手抓牢广告牌的绿框子，保持着一种奇怪的姿势。另外有两个人一起笨拙地站在广告牌的另一头，朝广告牌与房子之间几英寸的空隙处窥探。另一端的那幢房子有一面光秃秃的灰墙，墙下就是广告牌后面的这块地方。手电光在墙上晃动，人影在光亮中忽隐忽现。

斯佩德转身离开护墙，沿着布什街朝人们聚集的小巷走去。一名穿官衣的警察嚼着口香糖，站在一块印着白底蓝字的“布里特街”字样的珐琅路标下，伸出一只胳膊拦住他，问：“你有什么事？”

“我是山姆·斯佩德。是汤姆·波尔豪斯打电话叫我来的。”

“是你呀！”警察放下了胳膊，“我刚才没认出你来。好吧，他们在后面。”他伸出大拇指，朝肩后一指，“很不幸。”

“是吗？”斯佩德一面搭讪着，一面朝小巷走去。离巷口不远，停着一辆黑色救护车。救护车后面，小巷的一侧，有一道齐腰高的栅栏。栅栏是用粗糙的横木条搭成的。栅栏跟前那块黑色的地面一直通往下面斯托克顿街上的广告牌，形成了一个陡坡。栅栏顶上的一根三米多长的木条从木桩上被扯了下来，晃晃悠悠地吊在另一端的木桩上。斜坡往下五米远的地方立着一块扁圆形的大石头。迈尔斯·阿彻仰面朝天地躺在大石头和斜坡之间的凹处。有两个人站在他身边。一个人用手电筒照亮了死者，另一个人拿着手电筒在斜坡上来回照着。

有人招呼斯佩德："嘿，山姆！"此人一面说着，一面朝小巷这边走过来。那个人的影子在他前面的斜坡上跳动着。他是一个肚子很大的高个儿，生着一对机灵的小眼睛，嘴唇很厚，两颊布满了没刮干净的黑胡楂。他的鞋、膝盖、两手和下巴都沾满了黑泥巴。"我就知道你一定想在我们把他运走之前过来看一看。"他一面说，一面跨过了破损的栅栏。

"谢谢汤姆！"斯佩德说，"怎么回事？"他一只胳膊肘支在栅栏的桩子上，望着下面的人，对那些跟他打招呼的人点了点头。

汤姆·波尔豪斯用一根沾满泥巴的手指头指了指自己的左胸。"正中心脏！用这个！"他从大衣口袋里掏出一把大左轮手枪，递给了斯佩德。枪体的凹陷部分嵌满了泥。"一把韦伯利左轮，英国货，对吧？"

斯佩德从木桩上抬起胳膊肘，低下头看了看枪，但没有碰它。"没错，韦伯利-福斯伯里自动左轮手枪，一九三八年的，八响。现在已经不生产这种枪了。打了几发子弹？"

"一发。"汤姆又指着自己的胸膛，"他准是一枪毙命，然后倒在了栅栏上。"他扬起了沾满了泥的左轮手枪，"以前见过这个吗？"

斯佩德点了点头。“我见过韦伯利-福斯伯里手枪。”他兴趣索然地说。然后，他快速地说道：“他是在这儿中弹的，对吧？站在你现在站的地方，背对着栅栏。开枪打他的人站在这儿。”他在破损的栅栏前面转了一圈儿，用食指指了指胸前说：“给了迈尔斯一枪。迈尔斯向后倒去，撞塌了栅栏，倒在了石头上。是这样吧？”

“是这样的。”汤姆慢条斯理地答道，“枪口喷出的火烧焦了他的大衣。”

“是谁发现的他？”

“巡逻的警察——希林。他前往布什街，正赶上一辆汽车掉头，大灯照亮了这个地方。他看见栅栏坏了，便走过来查看，这才发现了他。”

“那辆掉头的汽车是怎么回事？”

“不清楚，山姆。希林根本就没注意它，当时他根本就不知道出了事。他说，他从鲍威尔街过来的时候，这个小巷中连个鬼影子都没有，要么就是他没看见。小巷可以出去的另一个地方就是斯托克顿街的广告牌子底下。没人从那儿钻过去。大雾弄得地面湿漉漉的，仅有的痕迹就是迈尔斯倒下的地方，还有就是这儿——扔枪的地方。”

“难道没人听见枪声吗？”

“天哪，山姆，我们也是刚到这儿。总会有听见枪声的人！等我们找到了再说吧！”他转过身去，一条腿跨过了栅栏，“趁着人还没被运走，下去看看吧？”

斯佩德说：“不必了。”

汤姆骑在栅栏上，回过头来，用一对小眼睛惊讶地望着斯佩德。

斯佩德说：“你已经看过他了。我能看到的你都看到了。”

汤姆仍然望着斯佩德，满腹狐疑地点了点头，把腿从栅栏上抽了回来，说：“他的枪别在屁股后面，没用过。大衣的扣子也扣得好好的。口袋里有一百六十多美元。他是在办案吗，山姆？”

斯佩德犹豫了一下，点了点头。

汤姆问道：“哦？”

“按理说，他应该去跟踪一个叫弗洛伊德·瑟斯比的家伙。”斯佩德按照温德利小姐的说法把瑟斯比的模样描述了一番。

“为了什么事？”

斯佩德两手插进大衣口袋，对汤姆眨了眨困乏的眼睛。汤姆不耐烦地重复道：“为了什么事？”

“瑟斯比可能是个英国人。我也不清楚他玩儿的是什么把戏。我们正打算查清他住在哪儿。”斯佩德咧嘴微微一笑，从兜里抽出一只手，拍了拍汤姆的肩膀，“别逼我。”他又把手插回衣兜，“我去把这消息告诉迈尔斯的老婆。”说着，他转身走开了。

汤姆皱着眉头，张开嘴巴，却什么也没说就闭上了嘴。他清了清嗓子，不再愁眉苦脸，用沙哑的嗓音，以一种带有些许温情的口气说道：“倒霉催的，这种事让他给赶上了。迈尔斯和咱们大家一样，是有缺点的。不过我想，他总会有些好的地方吧。”

“我也这么想。”斯佩德以一种毫无感情色彩的口吻附和道，然后走出了小巷。

在布什街和泰勒街交界处的一家通宵营业的药店里，斯佩德打了个电话。

他报了个号码，过了一会儿说道：“亲爱的，迈尔斯挨了一枪……是的，他死了……你别激动……对，你必须去告诉爱娃……不，我肯定不宜去。一定得你去办……听话啊……别让她到社里来……告诉她，我会去看她的……啊——改天抽空去看她……对，别把我跟那些事瞎往一起联系……就这些。你真是个天使。再见！”

斯佩德再次打开吊灯的时候，小闹钟的指针正指着凌晨三点四十分。他把帽子、大衣都扔到床上，径直走进了厨房。返回卧室的时候，他拿着一个酒杯和一瓶朗姆酒。他倒了一杯酒，站在那里，一饮而尽。他把酒瓶、杯子放到桌上，面对着它们坐在床沿上，卷了一支烟。他喝完了三杯朗姆酒，正在点第五支烟的时候，街门的门铃响了起来。闹钟的指针指着四点三十分。斯佩德叹了口气，从床边站起身，走到卫生间门旁的门控器前，按了一下电钮，把外面的街门打开，然后嘟囔道：“她还是他娘的来了。”他站在那里，皱着眉，看着黑色的门控器盒子，呼哧呼哧地喘着气，脸上隐隐泛红。

楼道里传来电梯打开又关上的咔啦咔啦的声音。斯佩德又叹了口气，径自朝门口走去。外面，楼道里铺着地毯的地板上响起轻快有力的脚步声，是两个男人的脚步声。斯佩德的脸色好了起来，眼神中不再流露出烦恼。他迅速打开了门。“你好，汤姆。”他跟刚才在布里特街遇到的那个大肚子的高个儿侦探打了声招呼，然后对旁边的人说：“你好，副队长！请进！”

他们互相点头致意，一言不发地走进屋里。斯佩德关上门，把他们让进了卧室。汤姆在靠窗户的沙发上坐了下来，半个屁股坐在沙发边上。副队长坐到了桌旁的一把椅子上。副队长身体结实，圆圆的脑袋，花白的头发剪得很短，一张方脸上留着短短的花白胡子。他的领带上别着一枚金别针，领子上则别了一枚镶有钻石的小小的秘密团体徽章。

斯佩德从厨房里拿来两个玻璃酒杯，给大家斟上朗姆酒，自己也拿着杯子在床边上坐了下来。他表情平静，丝毫没有表露出好奇。他举起杯子说："为顺利破案干杯!"说罢，一饮而尽。

汤姆喝完了酒，把杯子搁在脚边的地板上，用沾满污泥的食指抹了抹嘴。他盯着床脚看，好像床脚在提醒着他什么事。他试图回忆起什么来。副队长朝杯子看了十几秒钟，呷了一小口酒，又把杯子放到了胳膊旁边的桌子上。他用那双冷峻的眼睛意味深长地在房间里四处打量，然后看了看汤姆。汤姆不自在地在沙发里挪了挪身子，头也不抬地问道："山姆，你把这件事情跟迈尔斯的老婆说了吗?"

斯佩德说："嗯!"

"她怎么看?"

斯佩德摇了摇头说："我弄不懂女人。"

汤姆轻声说："你不懂就没人懂了。"

副队长把双手放在膝盖上，向前探着身子。他用那双发着绿光的冷峻的眼睛意味深长地盯着斯佩德，好像他的目光是某种机器，只有拉下操纵杆或按下电钮才能将其移开似的。

"你身上带着哪种枪?"他问道。

"什么枪也没带。我不太喜欢枪。当然了，我办公室里有几把枪。”

“我想看一下你的枪！”副队长说，“你这儿刚好有一把吧？”

“没有。”

“真的没有？”

“你找找看吧！”斯佩德微微一笑，挥了挥手中的空杯子，“如果你愿意的话，可以把这个破地方翻个底儿朝天。我是不会反对的，只要你有搜查证。”

汤姆抗议道：“哦，你都说了些什么呀，山姆！”

斯佩德把杯子放到桌子上，站起身，面对着副队长。“你想干什么，邓迪？”他问话的口气跟他的眼神一样冷漠。

邓迪副队长的目光跟随斯佩德移动着，始终不离开斯佩德。汤姆在沙发里再次挪了挪身子，从鼻孔里重重地喷出一股气，伤心地抱怨道：“我们不是来打架的，山姆！”

斯佩德不理汤姆，径自对邓迪说：“怎么，你想干什么？你算老几，居然跑到这儿来要收拾我！”

“好吧！”邓迪从胸腔深处发出了声音，“坐下，听着！”

“我爱坐就坐，爱站就站。”斯佩德不动声色地说。

汤姆恳求道：“拜托，你讲点儿道理吧！大家吵一顿有什么用呢？你要是想知道我们为什么说话拐弯抹角，那么我告诉你，那是因为，我问你那个瑟斯比是什么人，你居然说：‘那不关我的事。’你不能这么对待我们，山姆。这样做不对，对你也没什么好处。我们也有我们的公事要办。”

邓迪副队长蹿了起来，站在山姆面前，把他那张方脸凑到这个比他高的人的脸旁边。“我可警告过你了，你就要摔跟头了。”他说。

斯佩德把嘴一撇，竖起了眉毛。“人人都有摔跟头的时候。”他回答时，口气虽然温和，却带有嘲讽的味道。

“现在说的是你。”

斯佩德微笑着摇了摇头。“不，我会走得很好，谢谢你。”他收起笑容，左上唇一抽，露出了上犬齿。他把眼睛眯起来，显得很激动，嗓音跟副队长的一样低沉。“这种事我不喜欢！你们围着这儿打转，究竟是为了什么？要说就说，不说就滚蛋，我要睡觉了！”

“瑟斯比是什么人？”邓迪问。

“他的情况我已经尽我所知，都告诉了汤姆。”

“你跟汤姆只说了那么一点点。”

“我只知道那么一点点。”

“你为什么要跟踪他？”

“我没跟踪，是迈尔斯跟踪的！理由嘛，就是我们有个委托人付给我们一大笔钱，叫我们去跟踪他。”

“这个委托人是谁？”

斯佩德恢复了平静。他用责难的口气说：“你明明知道我没和委托人谈过，是不能把这个情况告诉你的！”

“你要么告诉我，要么到法庭上去说！”邓迪怒气冲冲地说，“你可别忘了，这是凶杀案。”

“那可没准儿。你也别忘了，宝贝儿，我想说就说，不想说就不说，全凭我高兴！就因为警察不喜欢我，我就哭鼻子，这种日子不会有了。”

汤姆离开沙发，坐到了床上。他那满是胡子楂、污迹斑斑、皱纹密布的脸上露出了疲惫的神情。“冷静些，山姆！”他恳求道，“给我们个机会。如果你手里掌握了情况，又不告诉我们，那么我们怎么能侦破迈尔斯被杀的案子呢？”

“不劳你们费神，”斯佩德对他说，“我的人死了，我会管。”

邓迪副队长坐了下来，重新把手放到了膝盖上。他把一双绿眼睛睁得大大的。“我就知道你会这样做！”他的笑容里透着一丝狰狞，“正是因为这个，我们才来找你，对吧，汤姆？”

汤姆哼了一声，没说什么。斯佩德小心地观察着邓迪。

“刚才我就是这么对汤姆说的。”副队长继续说道，“我说：‘汤姆，我有个直觉，山姆·斯佩德是这么个人：家丑绝不外扬。’”

斯佩德眼睛里的那种小心翼翼的神情消失了。他目光呆滞，显得有些厌烦。他朝汤姆扭过头，漫不经心地问：“是什么招惹了你的男朋友？”

邓迪跳了起来，弯着两根手指头，用指尖敲了敲斯佩德的胸口。“就是这个！”他尽量把每一个字都说得清清楚楚，“在你离开布里特街三十五分钟之后，瑟斯比在旅馆的门前遭到了枪击。”

斯佩德说话了，仍然尽量把每个字都说得清清楚楚：“把你的脏爪子拿开！”

邓迪收回了敲打他的手指头，可口气一点儿也没变：“汤姆说你匆匆忙忙地就走了，连自己的合伙人都没见。”

汤姆号叫着：“是啊，见鬼，山姆，你确实就那么走掉了！”

“而你又没到阿彻家去通知他老婆。”副队长说，“我们打电话给他家，你们侦探社的那个女秘书在那儿，说是你派她去的。”

斯佩德点了点头，显得极其平静。

邓迪副队长想用那两根弯曲的手指头敲打斯佩德的胸口，却又赶快收了回来，说：“假设你用十分钟的时间打个电话，跟女秘书交代一下，然后用十分钟的时间，最多十五分钟的时间，赶到瑟斯比的住处——利文沃斯街附近的吉利街，那么你还有十到十五分钟的时间，可以在那儿等瑟斯比出现。”

“难道我知道瑟斯比住在哪儿吗？”斯佩德反问道，“难道我知道他杀了迈尔斯以后没有直接回旅馆去吗？”

“你知道什么，你自己心里最清楚！”邓迪执拗地答道，“你是什么时候到家的？”

“三点四十分。我随便走了一会儿，想把事情想清楚。”

副队长的圆脑袋来回动着。“我们知道你三点半还没到家。我们往你家打过电话。你在哪儿走来着？”

“在布什街上来回走。”

“你碰到过什么人吗？”

“没有，没有目击者！”斯佩德快活地说，“坐下，邓迪，你还没喝完你的酒呢！端起你的杯子，汤姆！”

汤姆说：“不啦，谢谢山姆！”邓迪虽然坐下了，但他看也不看自己杯子里的朗姆酒。

斯佩德给自己斟了一杯酒，一饮而尽，把空杯子放到了桌上，然后返回了自己的床边。“我现在明白自己的处境了。”他友好地看了看这个警探，又看了看那个警探，“刚才我火气太大，请多包涵。不过，你们二位老兄一进门就想把事情往我头上栽，把我给惹毛了。我心里正烦着呢，你们二位老兄又话里话外夹枪带棒的。不过现在好了，我知道你们是为什么来的了。”

汤姆说：“算了！”

副队长一声不吭。

斯佩德问：“瑟斯比死了吗？”

副队长犹豫了一下。汤姆说：“死了。”

副队长生气地说：“如果你不知道，那么让你知道了也好！他什么话都没来得及说就死了。”

斯佩德正在卷一支烟。他头也不抬地问：“你说这话是什么意思？你认为我知道这件事吗？”

“我的意思就是我所说的。”邓迪毫不客气地回答。

斯佩德抬眼望着他，笑了笑，一只手拿着卷好的烟，另一只手拿着打火机。“你还没打算逮捕我吧，邓迪？”他问道。

邓迪用那双冷峻的绿眼睛紧盯着斯佩德，不予回答。

斯佩德说：“那么，没什么特别的理由要我在乎你想什么，对吧，邓迪？”

汤姆说：“唉，冷静些，山姆！”

斯佩德叼住烟卷，点着火，大笑着喷出烟来。“我会冷静的，汤姆，”他应允道，“我是怎么杀死瑟斯比的呢？我倒忘了。”

汤姆厌恶地哼了一声。邓迪副队长说：“他后背连中四枪，用‘四四’或‘四五’口径的手枪打的。他刚打算走进旅馆，子弹就从马路对面飞了过来。出事时没人看见。从现场的情况看，就是这样。”

"他肩上的三角形枪套里装着一把撸子①，"汤姆补充道，"没射击过。"

"旅馆的人知道些什么?"斯佩德问。

"什么也不知道，只说他来了一个星期。"

"一个人?"

"一个人。"

"你在他身上或房间里找到了什么?"

邓迪抿了抿嘴，反问道："你认为我们找到了什么?"

斯佩德漫不经心地用被掐灭了的烟卷画了个圈儿。"某种可以告诉你们他是谁、是怎回事的东西。你们找到了吗?"

"这一点，我们原以为你会告诉我们呢。"

斯佩德用灰黄色的眼睛望着副队长，眼神里有一种几乎是夸张的坦率："我从来没见过瑟斯比，死的活的都没见过。"

邓迪副队长猛地站起身，看上去很不满意。汤姆也打着哈欠站起来，伸了个懒腰。"我们这次来，要问的都问完了。"邓迪皱着眉头，眼睛就像两颗绿水晶。他上嘴唇紧紧地贴住牙齿，下嘴唇嚅动着把字音吐了出来。"我们告诉你的多于你告诉我们的。够意思了吧！你了解我，斯佩德。不管你是干了还是没干，我都会公平地对待你。我不知道我是否过分指责了你……不过，这一点并不妨碍我盯住你。"

"够意思!"斯佩德心平气和地答道，"不过，你要是把你那杯酒喝完了，我会觉得更好一些。"

邓迪副队长转身走到桌旁，端起酒杯，慢慢地喝完了酒，

① 德国鲁格半自动手枪的俗称。

然后说："晚安!"他伸出手，他们礼节性地互相握了握手。汤姆和斯佩德也礼节性地互相握了握手。他们出去之后，斯佩德脱下衣服，关掉灯，上床去了。

第三章 三个女人

第二天早上八点钟，斯佩德来到侦探社的时候，埃菲·佩林正坐在办公桌前拆当天早上的邮件。她那被晒得黑黑的有些男孩子气的面孔此刻显得有些苍白。她放下一沓信封和手中拿着的一把铜裁纸刀，说：“她在这儿呢。”她声音很低，充满了警觉。

“我说过，别让她来。”斯佩德压低了声音埋怨道。

埃菲·佩林的棕色眼睛睁得更大了。她的声音与他的一样，显得很不耐烦：“没错，可你没告诉我怎么才能不让她来。”她闭了一小会儿眼，肩膀垂了下来。“别急，山姆，”她疲惫地说，“我整晚都和她在一起。”

斯佩德站在姑娘身边，把一只手放到她头上，抚摸着她的头发。“对不起，天使，我还没——”里屋的门开了，他停了下来。“你好，爱娃!”他对推门进来的女人说。

“啊，山姆!”那个女人说。她是个刚满三十岁的金发女子，面庞虽然娇美，却已过了“鼎盛期”五年。她身材高挑，体态优雅。她从头到脚一身黑，黑衣、黑帽、黑鞋，却给人一种感觉：这套丧服只不过是临时性的装束。说完话之后，她从门口向后退了一步，站在那里等斯佩德。

斯佩德把手从埃菲·佩林头上抽回来，走进里间的办公室，关上了门。爱娃迅速地凑到他跟前，向他抬起哀伤的面孔，等着他亲吻。他还没抱她，她就用双臂搂住了他。他们俩接吻的时候，他动了动，似乎要松开她，但是她却把脸紧贴在他的胸膛上，开始抽泣。

他轻抚着她的后背，温存地说：“可怜的宝贝儿。”他的眼睛斜视着那张他以前的合伙人的办公桌。那张办公桌与他自己的办公桌分别放在房间的两侧。他的目光中充满了愠怒。他把自己的嘴唇从她的牙齿中挣开，做了个不耐烦的鬼脸。他扭转自己的下巴，以免触到她的帽尖。“你派人去叫迈尔斯的弟弟了吗?”他问。

“派了，他今天早上来了。”这些话是呜咽着说出的，他的外衣堵住了她的嘴。

他又做了个鬼脸，低下头来偷偷看了一眼手表。他用左臂搂着她，手就搁在她的左肩上，袖口处正好露出表来。表的指针指着十点十分。

女人在他的臂弯里动了动，又扬起脸来。她的蓝眼睛睁得圆圆的，噙满了泪水，如梨花带雨。她的嘴唇湿漉漉的。“哦，山姆，”她悲声说，“是你杀了他吗?”

斯佩德用眼睛瞪着她。他那骨感的下巴顿时拉长了。他松开双臂，后退了一步，挣脱了她的拥抱。他清了清嗓子。她空举着双臂，保持着刚才抱他的姿势。她那充满痛苦的眼睛半闭着，眉心紧锁，柔软潮湿的红唇在颤抖。

斯佩德憨厚地笑了笑。他走到挂着浅黄色帘子的窗口，背对着她，站在那里透过窗帘朝院子里张望，直到她往他跟前走来。然后他迅速转过身，走到自己的办公桌边，坐下来，把胳膊肘支在桌上，用双拳托着下巴，看着她。他那对黄眼珠在眯成一条缝的眼皮下闪闪发光。他冷冷地问："是谁使你变得这么聪明？"

"我以为——"她用一只手捂住嘴，眼里又涌出了泪水。她走到了办公桌旁。她穿着一双黑便鞋，这双鞋的小巧程度和鞋跟之高，堪称极致。她穿着这双鞋走起路来优美动人。"好好待我吧，山姆。"她低声下气地说。

他对她哈哈大笑，他的眼睛仍然炯炯有神。"你杀了我老公，山姆，好好待我吧。"他不由得拍着巴掌说，"老天爷呀！"

她放声大哭起来，用一块白手绢擦拭脸上的泪水。他站起身，从背后搂住她，在她耳朵与衣领之间的后脖子上吻了一下，说："好了，爱娃，别哭了。"然而，他的脸上却没有一丝表情。她刚止住哭声，他就凑到她耳边悄声说："你今天不该来这儿，宝贝儿。这么做可不明智。你不能待在这儿，你应当回家去。"

她在他怀里转过身，面对着他问道："你今晚来吗？"

他轻轻地摇了摇头说："今晚不行。"

"很快就来吗？"

“对。”

“有多快?”

“尽可能快。”

他吻了吻她的嘴，送她到门口，打开了门，说：“再见，爱娃。”他欠身送她出去之后，把门关上，回到自己的办公桌前，从内衣口袋里掏出烟丝和卷烟纸。可他并没有卷烟，只是坐在那儿，一手拿着卷烟纸，一手拿着烟丝，凝视着已故合伙人的办公桌。

埃菲·佩林开门走了进来。她那棕色的眼睛显得很不安，可她却用若无其事的声调问道：“怎么?”

斯佩德一声不吭。他的目光始终没有离开自己合伙人的办公桌。

姑娘皱起眉头，走到他跟前。“怎么，”她提高嗓门儿问，“你跟小寡妇谈得怎么样?”

“她以为我开枪打死了迈尔斯。”他说，微微动了动嘴唇。

“这样一来，你就可以娶她了吧?”

斯佩德没有回答她的问题。

姑娘替他摘下帽子，放在办公桌上，然后俯身从他那仿佛凝固住了的手里拿走了烟丝口袋和卷烟纸。

“警察认为我开枪打死了瑟斯比。”他说。

“瑟斯比是谁?”她一边问，一边从一沓卷烟纸里抽出一张，把烟丝撒在上面。

“你是问我开枪打死了谁吗?”他问道。见她不搭理他，他又说：“瑟斯比就是迈尔斯应该替温德利姑娘跟踪的那家伙。”

她用纤纤十指卷好了烟，把卷烟纸舔了舔，然后捋平，再把两头搓了搓，最后塞到了斯佩德嘴里。他说：“谢谢，亲爱的。”就势伸出一只胳膊搂住她的杨柳细腰，疲倦地靠在她肩上，闭上了眼睛。

“你打算娶爱娃吗?”她俯视着他那浅褐色的头发问道。

“别瞎说。”他嘟囔道。那支没点火的烟卷叼在他嘴里，随着嘴唇的翕动而上下动着。

“她可不认为这是瞎说。你一直跟她这样胡搞，她干吗不——”

他叹了口气，说：“但愿我从来没见过她。”

“也许你现在这么希望，”姑娘的声音中有股怨气，“不过以前可不一样。”

“我对女人除了那样，就不知道还该说什么、做什么了。”他嘟囔道，“再说，我也不喜欢迈尔斯。”

“你撒谎，山姆。”姑娘说，“我认为她是个下三滥，不过我要是有她那样的好身材，我也愿意当个下三滥。”

斯佩德不耐烦地把脸在她肩上蹭来蹭去，什么也没说。

埃菲咬着嘴唇，皱着眉头，弯下腰来仔细瞅着他问：“你认为她有可能杀死自己的老公吗?”

斯佩德坐直身体，放下搂着她腰的胳膊，对她笑了笑。他只是觉得有趣而已。他掏出打火机，打着火，把火苗凑到烟卷头上。“你是个天使，”他抽着烟，充满柔情地说，“一个多嘴多舌的好天使。”

她面带苦笑。“哦，是吗?假如我告诉你，你的爱娃在我半夜三点钟去向她报告这个消息时，刚从外面回来不久呢?”

“你这就算在告诉我了吗?”他问。他的眼睛变得机警起来，尽管嘴角还带着笑意。

“她让我在门外好一阵等，自己趁机脱衣服，或者说继续脱完衣服。我看见她的衣服都堆在一把椅子上，帽子和大衣在下面。她的贴身汗衫在最上面，还是温乎的呢。她说她已经睡了，可她根本没睡。她把床单弄皱了，可那些褶子一看就是刚被压出来的。”

斯佩德拉起姑娘的手，轻轻地拍了两下。“你是个侦探了，亲爱的，可是，”他摇了摇头，“她没杀他。”

埃菲·佩林刷地一下抽回了手。“那个下三滥想嫁给你，山姆。”她酸溜溜地说。他用头和一只手做了个不耐烦的手势。她皱着眉头问:“你昨晚看见她了吗?”

“没有。”

“是实话?”

“是实话。别装出邓迪那副样子，亲爱的，这样你会掉价。”

“邓迪找过你了?”

“嗯。他和汤姆·波尔豪斯今天早上四点钟顺便到我那儿喝了一杯。”

“他们真以为你开枪打死了那个……叫什么来着?”

“瑟斯比。”他把抽剩下的烟头扔进铜烟灰缸里，动手再卷一支烟。

“他们真那么认为?”她追问道。

“天知道。”他只顾着看手里正在卷的烟，“他们确实有这种想法，我不知道我讲的话他们信了多少。”

“看着我，山姆。”他抬眼一看，哈哈大笑起来。这一笑使她焦虑的面孔总算暂时流露出一丝欢愉。“你真叫我担心，”她说话的时候，脸上又浮现出认真的神情，“你老自以为是，可是你聪明过头了。这对你没好处，总有一天你会明白的。”

他嘲弄地叹了口气，脸颊在她胳膊上蹭了蹭。“邓迪也这么说，亲爱的，不过请你替我挡住爱娃，其他的麻烦事我会自己想办法对付。”他站起身，戴上帽子，“把斯佩德-阿彻侦探社的招牌从门上摘下来吧，改成塞缪尔·斯佩德侦探社。我一小时后回来，有什么情况会打电话给你。”

斯佩德穿过圣马克旅馆的大堂，来到服务台前，向一个红头发的时髦小伙子打听温德利小姐在不在。红头发的小伙子走开了。过了一会儿，他摇着头回来说：“她今天上午退房走了，斯佩德先生。”

“谢谢。”

斯佩德走过服务台，来到大堂外的一间屋里。有个中年的黑衣胖子坐在一张桃花心木的办公桌后边。办公桌的桌角上立着一根用桃花心木和黄铜制成的三棱柱，上面刻着：弗里德先生。

胖子站起身，绕过桌子走上前，伸出了手。“我得知阿彻的事情之后非常难过，斯佩德。”一听他说话就知道他训练有素，随时随地都能毫不唐突地向人表示同情，“我刚从《呼声报》上看到这一消息。要知道，他昨天晚上还来过这儿呢。”

“谢谢，弗里德！你和他说话了吗？”

“没有。昨晚我挺早就来上班了，看见他坐在大堂里。我没停下来，因为我认为他可能是在工作，我知道你们这些人干事情的时候不愿意被人打搅。他来这儿与他的……遇害……有关系吗？”

“不见得有什么关系，不过我们目前还不清楚。我们无论如何都不准备把贵旅馆牵扯进去。”

“谢谢。”

“没什么。我想向你了解一位住店客人的情况，你能告诉我，并为我保密吗？”

“没问题。”

“有一位温德利小姐今天上午退房走了，我想知道些详细情况。”

“跟我来，”弗里德说，“咱们来看看能查出些什么。”

斯佩德一动不动地站着，摇了摇头说：“我不想露面。”

弗里德点了点头，走了出去。在大堂里，他突然停下脚步，又走回到斯佩德跟前。“昨晚这儿的值班保安是哈里曼，”他说，“他肯定看见阿彻了。要我关照他别提这事吗？”

斯佩德瞥了一眼弗里德。“还是不必了。如果没有证据表明此事与这位温德利小姐有关，关不关照就无关紧要了。哈里曼人不错，就是爱多嘴。我宁愿不让他怀疑这里头有什么不可告人的秘密。”

弗里德又点了点头，走了。过了一刻钟，他返了回来。“她是上星期二到的，登记簿上写着从纽约来。她没有带箱子，只带着几个提包。她的房间没有欠电话费。至于信件嘛，即使有，似乎也不多。不过有一回，有个工作人员看见她和一个黑黑的高个子男人在一起，此人有三十五六岁。她今天早上九点半出去，一个钟头后回来，付了房费，让人把她的提包全都拿到了一辆汽车上。替她搬行李的门童说，那是一辆‘纳什’牌旅行车，可能是租来的。她留了一个转交信件的地址——洛杉矶，使节饭店。”

斯佩德说：“多谢了，弗里德。”说完，他离开了圣马克旅馆。

斯佩德回到侦探社，埃菲·佩林放下手里正在打印的一封信，告诉他：“你的朋友邓迪来过了。他要看你的枪。”

“然后呢？”

“我让他等你回来之后再来。”

“好姑娘。如果他再来，就让他看好了。”

“还有，温德利小姐来过电话。”

“来得正好。她说什么了？”

“她想见你。”姑娘从自己的办公桌上拿起一张纸条，念着上面用铅笔写下的记录：“她住在加利福尼亚街，皇冠公寓一〇〇一号房间。找勒布朗小姐就成。”

斯佩德伸出手，说：“给我。”她把纸条给了他。他掏出打火机，点着火，靠近纸条。他一只手拿着这张纸，看着它全部烧光，直到只剩下一角卷曲的黑灰，才把它扔到铺着油毡的地上，用鞋跟踩碎。

姑娘用一种不赞许的目光观望着他。

斯佩德对她咧嘴一笑，说：“这是规矩，亲爱的。”说罢，他再度走了出去。

第四章　黑鹰

在皇冠公寓一〇〇一号房间里，身穿绿色绉纱长裙的温德利小姐打开房门时，脸红了。她那深红色的头发从左面分开，蓬蓬松松的头发披在右面的太阳穴上，显得有点儿乱。斯佩德摘下帽子，说："早上好。"

他的笑容感染了她，她脸上也浮现出一丝淡淡的笑意。可是她那近乎紫色的蓝眼睛里仍然充满了烦恼的神情。她垂下头，安静而羞怯地说："请进，斯佩德先生。"

她领他从敞开着的厨房门、卫生间门和卧室门前经过，走进一间奶黄色与红色相间的起居室。她为屋里的乱七八糟状态表示着歉意："什么都是乱糟糟的，行李还没完全打开呢。"

她把他的帽子放到桌上，在一张胡桃木长靠背椅上坐了下来。他坐在一张锦缎面子、椭圆靠背的椅子上，面对着她。她看着自己的手指，把十指交叉在一起，说："斯佩德先生，非常抱歉，我要坦白一件事。"斯佩德礼貌地笑了笑。她没有抬眼看他，他什么都没说。

"那个——我昨天告诉你们的事——全都是编的。"她结结巴巴地说着，抬起头来看着他，目光中充满了楚楚可怜的恐惧。

"噢，那个嘛，"斯佩德轻轻松松地说，"我们并没有真正相信你的故事。"

"那么——"她那楚楚可怜的眼神里又多了一层困窘。

"我们相信你那两百美元。"

"你是说——"她好像没听懂他的话。

"我是说，你要是讲真话，就不会付给我们那么多钱了。"他平静地解释道，"这些钱足够使我不计较你说什么了。"

她的眼睛忽然亮了起来。她想要起身，却又坐下来，把裙子拉平。她俯身向前，迫不及待地说："即使是现在，你仍然愿意——"

斯佩德扬起一只手，要她住口。他上半个脸眉头紧锁，下半个脸却堆满微笑。"那要看情况了。"他说，"糟就糟在——对了，我该怎么称呼你呢？你究竟是叫温德利呢，还是叫勒布朗？"

她脸红了，嗫嚅道："我的真名叫奥肖内西——布丽姬·奥肖内西。"

"糟就糟在眼下已经出了两条人命，奥肖内西小姐。"

她哆嗦了一下。

“这种连环凶杀，会使人人震惊，也会使警察认为凶手穷凶极恶，谁都对付不了，社会影响巨大。这不是什么——”他没说完就住了口，因为她已经不听他讲了，正等着他住口呢。

“斯佩德先生，告诉我真相!”她的声音颤抖，几近歇斯底里，绝望的眼神使她显得很憔悴，“昨天晚上那事——怨我吗?”

斯佩德摇了摇头。“不能怨你，除非还有我们不知道的事情。”他说，“你警告过我们，瑟斯比很危险。当然了，你对我们编了一套假话，但是那并不重要，因为我们并没有相信你。”他耸了耸他的溜肩膀，“我不能说那是你的错。”

“谢谢你!”她轻轻地说，缓缓地摇了摇头，“不过我总在责怪自己。”她把一只手放在喉咙上，“阿彻先生昨天下午还是那么活蹦乱跳，身体那么结实，那么热心肠，那么——”

“住口!”斯佩德命令道，“他知道自己在做什么，干我们这一行是要冒险的。”

“他——他结婚了吗?”

“结了，有一万元保险金，没孩子，只有一个和她同床异梦的老婆。”

“哦，别说了!”她轻声说。

斯佩德又耸了耸肩。“现实就是如此。”他看了一眼手表，从椅子上挪到长靠背椅上，坐到了她身边，“现在没时间为此伤怀。”他的声音愉快而坚决，“外面有一大帮警察啦，地方检察官助理啦，新闻记者啦，正在到处转悠，千方百计地打听消息呢。你打算怎么办?”

“我要你帮我摆脱——摆脱这一切麻烦。”她细声细气、哆哆嗦嗦地回答说，怯生生地把手放在他的袖子上，“斯佩德先生，他们了解我的情况吗?”

“还不了解，所以我想先见见你。”

“如果他们知道我找过你，跟你说了一通假话，会怎么想呢?”

“那会引起他们的怀疑。所以和你见面之前，我一直在敷衍他们。我曾想，咱们也许用不着让他们知道全部情况。有必要的话，咱们不妨编个故事，哄他们睡觉。”

“你真的认为我与这两起凶杀案无关吗?”

斯佩德朝她咧嘴一笑，说：“我倒是忘了问你，有关吗?”

“无关。”

“那就好了。那么咱们对警察该怎么说呢?”

她在长靠背椅的另一端蠕动着，浓密的睫毛下，一双眼睛忽闪忽闪地，像是要摆脱他的目光，却又摆脱不了似的。她似乎变得更为娇小，非常年轻，神情紧张。“他们一定要知道我这个人吗?”她问，“要是那样，我宁可去死，斯佩德先生。我现在无法做解释，可你能不能想想办法，替我挡挡驾，免得让我回答他们的问题?我宁愿去死也不愿意被人家盘问。你能帮我吗，斯佩德先生?”

“也许吧，”他说，“不过我得先知道这究竟是怎么回事。”

她跪到他跟前，扬起脸来望着他，双手紧捂着自己那苍白而紧张的面颊。“我不是一个好人，”她抽泣着，“一直很坏。你想象不出我有多坏，可我并没有坏到心里。看着我，斯佩德先生，你知道我没有坏到心里，对吧？你看得出来，对吧？那么，你能对我有一点点信任吗？我太孤独了，太害怕了，你要是不帮我，就没人能帮我了。我知道，如果我不信任你，我就没资格叫你信任我。我信任你，可我还是不能告诉你，至少现在不能告诉你。以后能说的时候，我会告诉你的。我害怕，斯佩德先生，我害怕自己会信任你。噢，不，我不是那个意思。我确实信任你，可是，我也信任过弗洛伊德。我没有别人可信任了，斯佩德先生，只有你能帮助我。你刚才说过，你能帮助我。要不是相信你能救我，我今天就不会把你找来了。如果我知道还有别人能救我，那么我会像这样给你下跪吗？我知道自己这样做有失公平。不过请你包涵，斯佩德先生。你十分强壮，十分聪明，十分勇敢，一定能给我力量、智慧和勇气。帮帮我吧，斯佩德先生。帮帮我，因为我急需帮助。如果你不帮我，我就找不到人来帮我了。虽然我没有权利要求你不明就里地帮助我，可我就这样要求了。请多多包涵吧，斯佩德先生。如果你能帮我，就帮帮我吧。”

斯佩德在她说出大段的独白时，屏住了呼吸。这会儿他噘起嘴，发出了一声长长的叹息，然后说道：“你不需要任何人帮忙。你很棒，非常棒。主要是你那双眼睛，眼珠一转，嗓音就变了，特别是说到‘请多多包涵吧，斯佩德先生’时。”

她猛地跳起来，脸由于痛苦而涨得通红，不过头还是抬得高高的。她直视着斯佩德的眼睛。“我活该，”她说，“我活该，可是——哦——我真的非常需要你的帮助，非常非常需要。我虽然很像是在撒谎，可我说的不全都是假话。”她转过身去，身子不再挺得那么直了，“都是我不好。你现在已经不相信我了。”

斯佩德脸红起来。他看着地板，嘟囔道：“现在你很危险。”

布丽姬·奥肖内西走到桌旁，拿起了斯佩德的帽子。她走回来，拿着帽子站在他面前，并没有把帽子递给他，就这样替他拿着，仿佛他若是想拿，便可以拿走。她的脸庞洁白而消瘦。

斯佩德看看自己的帽子，问：“昨晚是怎么回事？”

“弗洛伊德九点钟来到旅馆，我们出去散了散步。这是我提议的，好让阿彻先生看见他。我们在吉利街的一家餐厅前停了下来。我们在那儿吃晚饭、跳舞，大约十二点半才回到旅馆。弗洛伊德在门口跟我告了别，我站在门里面看着阿彻先生在马路对面尾随着他走下去。”

“走下去？你的意思是说，往市场街那边走？”

“是的。”

“你知道他们在阿彻被枪杀的布什街和斯托克顿街那一带都干了些什么吗？”

“那儿离弗洛伊德住的地方很近吗？”

“不近。从你住的旅馆到他住的旅馆，要走过十来条马路呢。对了，他们走了之后，你干什么来着？”

“我上床睡了。今天早上我出去吃早餐的时候，看到了报纸上的新闻，标题是……你肯定知道。然后我去了联合广场。我知道那儿有汽车可以租，就租了一辆，回旅馆去拿行李。昨天我发现我的房间被人搜过之后，就意识到得搬家了。昨天下午，我找到了这个地方。于是我就到这儿来了，并往你们侦探社打了电话。”

“你在圣马克旅馆的房间被人搜过?”他问。

“是的，就在我去你们侦探社的时候，”她咬住嘴唇，“我本来不打算告诉你这个。”

“也就是说，我不该就此对你提出询问。”

她羞怯地点了点头。他皱起了眉头。她晃了晃他那顶帽子。他不耐烦地笑道：“别老在我面前挥帽子。我不是说过要尽力而为嘛!”

她懊悔地微笑着，把帽子放回桌上，在长靠背椅上挨着他坐了下来。他说：“我不能不问青红皂白地相信你，只不过，如果弄不清这件事的来龙去脉，我就帮不了你了。比方说，我必须知道一点儿弗洛伊德·瑟斯比的情况。”

“我是在远东认识他的。”她一边慢吞吞地说，一边用一根尖尖的手指头在两个人中间的长靠背椅上一个劲儿地画着“八”字，“上星期我们从香港来到了这里。他——他答应过帮助我，却利用了我的无助，出卖了我。”

“怎么出卖你的?”

她摇了摇头，不吭声。

斯佩德不耐烦地皱起眉头问：“你为什么要找人跟踪他?”

“我想知道他背叛我到了何种程度。他连自己住在哪儿都不肯告诉我。我要查出他在干什么，与哪些人会面……”

“是他杀了阿彻吗?”

她惊讶地抬头看着他。“当然是他杀的。”她说。

“他的枪套里有把撸子，可阿彻不是被这种鲁格手枪打死的。”

“他的大衣口袋里还有把左轮呢。”她说。

“你见到过?”

“啊，我经常见到。我知道他兜里总揣着一把枪。昨天晚上我虽然没看见，可我知道他只要穿大衣就揣上枪。”

“带这么多枪干什么?”

“他靠枪吃饭。在香港有个传闻，说他原来给一个大赌棍当保镖。那个大赌棍被迫离开了美国，他们一起来到了远东。从此以后，那个大赌棍就消失了。大伙儿都说弗洛伊德知道这是怎么回事，我不知道。我只知道他一出门就总是全副武装。他睡觉的时候总把揉皱的报纸铺在地板上，这样别人就不能悄无声息地走进他的屋里了。”

“你找了个好朋友。”

“只有这种人才能帮我，”她干脆地说，“只要他忠心。”

“是的，只要他忠心。”斯佩德用大拇指和另一个指头捏起自己的下唇，表情阴郁地看着她。他眉心的几道竖纹加深了，两条眉毛快要拧到一起了。“实际上你有多困难?”

“要多困难有多困难。”她说。

“有生命危险吗?”

“我并不勇敢。我认为，没有比死更糟糕的事了。”

“当真如此严重?”

“千真万确，就像你和我坐在这儿一样，千真万确。”她哆嗦了一下，“除非你帮我。”

他把手指从嘴唇上放下来，搔起头来。“我不是耶稣基督，”他烦躁地说，“我不能凭空创造什么奇迹。”他看了看手表，“时间白白地过去了，你没有提供给我任何有用的信息。谁杀了瑟斯比?”

她把手绢揉成一团蒙在嘴上，说：“我不知道。”

“是你的仇人，还是他的仇人？”

“我不知道。我希望是他的仇人，不过我担心——我不知道。”

“他原来打算怎么帮你？你为什么把他从香港带到这儿来？”

她惊恐地瞪大眼睛望着他，一声不吭地摇了摇头。她面容憔悴，可怜而倔强。

斯佩德站起身来，两手插在上衣口袋里，沉着脸瞅她。“没招儿了，”他恶狠狠地说，“这事我没法办了。我无能为力，因为我根本不知道你要达到什么目的。”

她垂下头，哭了。

他低声咆哮着，走到桌边去拿帽子。

她头也不抬，哽咽着小声恳求道：“你不会去找警察吧？”

“找警察？”他喊道，声音响亮，怒气冲冲，“警察从凌晨四点钟就开始对我纠缠不休。天知道我费了多大劲儿才摆脱了他们。为了什么？就为了这个疯狂的念头——想帮助你。恕我爱莫能助，我不想尝试了。”他戴上帽子，向下拉紧。“找警察？我只需一动不动地站着，他们就会蜂拥而至。得啦，我会把我所知道的一切都告诉他们，你只好去碰运气了。”

她从长靠背椅上站起来，笔直地站在他面前。她的双膝在颤抖。她高高地抬起由于惊恐而发白的面孔，下巴和嘴唇的肌肉不断地抽搐着。她说：“你一直很耐心，尽力帮助我。我想，现在是山穷水尽了。”她伸出右手，“感谢你为我做的一切。我只好听天由命了。”

斯佩德又发出了咆哮声，坐到了长靠背椅上。“你有多少钱?”他问。

这个问题把她吓着了。她咬住下嘴唇，不情愿地回答说：“我还剩五百美元。”

“拿来给我。”

她犹豫着，战战兢兢地看着他。他用嘴、眉毛、手和肩膀做出好多愤怒的姿态。她走到卧室里去，转眼就拿着一沓钞票走了出来。

他从她手里接过钱，数了数，说：“只有四百块。”

“我得留下点儿钱过日子。”她捂住胸口，轻声解释道。

“不能再多点儿吗?”

“不能。”

“你可以把一些东西换成钱。”他仍不肯罢休。

“我有一点儿首饰，包括几枚戒指。”

“你必须把它们当出去，”说着，他伸出手，“最好到雷米迪尔典当行，在天主教堂街和第五街的交会处。”

她恳求地望着他。他瞪着那双黄灰色的眼睛，显得十分强硬，丝毫没有通融的余地。她缓缓地把手从衣领处伸进去，拿出一小卷钞票，放在他伸出的手上。

他把钞票捋平，数了一遍——四张二十元的、四张十元的、一张五元的。他把两张十元的和一张五元的钞票还给了她，其余的放进自己兜里，然后站起身来说：“我这就出去看看能为你做些什么。一有进展我就回来告诉你。我按四下门铃——长、短、长、短——你就知道是我了。你不必送我到门口，我自己会出去。”

他撇下她，转身走开了。她站在房间当中，用那双蓝色的眼睛茫然地注视着他的背影。

斯佩德走进一间接待室，门上挂着“梅里肯-怀斯律师事务所”的招牌。坐在电话交换机旁的红发姑娘说：“啊，你好，斯佩德先生。”

“你好，亲爱的！”他答道，“希德在吗？”

他站在她身边，一只手搭在她滚圆的肩膀上。她对着话筒说：“斯佩德先生来访，怀斯先生。”她抬头看了看斯佩德，“进去吧。”

他在她肩膀上捏了一下，权作感谢，然后径自穿过接待室，走进一条灯光昏暗的走廊。走廊的尽头有一扇磨砂玻璃门。他推开门，走进一间办公室。一个小个子男人坐在一张巨大的办公桌后面，桌上堆着一摞摞的文件。此人有着橄榄色的皮肤，一头稀疏的黑发上面有许多头皮屑，长圆形的脸，面容很疲惫。小个子向斯佩德挥了挥没点燃的雪茄，说：“搬把椅子过来。这么说迈尔斯昨天晚上中了头彩？”不论是他那疲惫的面容，还是他那有点儿刺耳的嗓音，都让人觉得没有一丝感情。

“我就是为这事来的。”斯佩德皱紧眉头，清了清嗓子，“我想，我只好不理会验尸官了。希德，我能利用一下我的神圣权利，比如为我的委托人保守秘密，以及不公开身份等，以便躲开那些牧师或律师吗？”

希德·怀斯耸了耸肩，嘴角耷拉下来。“为什么不能？调查不等于庭审，你无论如何都可以试试嘛！以前你碰上比这更棘手的事，不也都处理了嘛！”

“我知道，不过邓迪不依不饶，这回大概不太好办。戴上帽子，希德，咱俩去找人，我希望平安无事。”

希德·怀斯看了看桌上堆积如山的文件，呻吟了一声。不过，他还是站了起来，向靠窗的壁橱走去。“你这小子，山姆!”他一面说着，一面从衣钩上摘下帽子。

下午五点十分左右，斯佩德回到了侦探社。埃菲·佩林正坐在他的办公桌旁看《时代》周刊。斯佩德坐到桌子上，问道：“有什么动静吗?”

“我这儿没有。你的样子就像是喝了甜葡萄酒。”

他满意地咧嘴笑道：“我看咱们大有前途。我以前就总觉得，假如迈尔斯走了，死在了什么地方，咱们的事业就会更加兴旺发达。替我送些花好吗?”

“送过了。”

“你真是个天使。今天，作为女人，你的直觉如何?”

“为什么这么问?”

“你对温德利怎么看?”

“我同情她。”姑娘毫不迟疑地回答道。

“她的名字太多了，”斯佩德沉思着说，“温德利、勒布朗……她说她的真名叫奥肖内西。”

“即使她把电话簿上所有的名字都用上，我也不介意。这姑娘不错，这你也知道。”

“我很好奇。”斯佩德困倦地朝埃菲·佩林眨了眨眼睛，笑了笑，“不管怎么说，她两天之内掏出了七百美元。”

埃菲·佩林坐直了身体，说：“山姆，如果那姑娘有难处，你却撒手不管，或者利用这个机会敲诈她，那我永远也不会原谅你，这辈子都不会尊重你。”

斯佩德不自然地笑了笑，然后皱起眉头，眉头皱得也不太自然。他正要开口说话，忽然听见有人从走廊里进来，便就此打住。

埃菲·佩林站起身，走进了外间的办公室。斯佩德摘下帽子，坐到了椅子上。姑娘返回时拿着一张名片，名片上印着“乔尔·凯罗先生”。

“这人怪怪的。”她说。

“好吧，让他进来，亲爱的。”斯佩德说。

乔尔·凯罗先生中等身材，小骨架，皮肤黝黑，头发乌黑发亮，一看就知道是个黎凡特人①。他那深绿色的领带上闪烁着一块方形的红宝石，四周镶着四颗长方形的钻石。一件黑色上衣紧紧地裹住了他的窄肩膀，在圆圆的臀部处才略微松开一点儿。裤子套在他那两条圆滚滚的腿上，比当下流行的款式还要紧绷。他那双漆皮鞋的上半截被浅黄色的鞋罩遮着，戴着麂皮手套的手里拿着一顶黑色的圆礼帽。他迈着急促的小碎步朝斯佩德走来，带过一股素心兰香水的气味。

斯佩德向来客点了点头，又朝一把椅子歪了一下头，说：“请坐，凯罗先生。”

凯罗恭恭敬敬地向斯佩德鞠了个躬，嗓音又细又尖地说：“谢谢。”然后，他端端正正地坐了下来，两个脚脖子交叉着，把帽子搁在膝上，开始摘他的黄色手套。

斯佩德把椅子转过来，问：“凯罗先生，我能为你做些什么？”他那亲切、随意的语调，以及转椅子的动作，都与

---

① 地中海东部地区之人的统称，包括希腊、埃及、黎巴嫩等地的人。

前一天接待布丽姬·奥肖内西时完全一样。

凯罗翻转过帽子，把手套扔到里面，帽底朝上放在靠近身边的桌子角上。他左手食指和无名指上的钻石戒指闪闪发光。他右手的中指上戴着一枚红宝石戒指，和领带上的红宝石别针完全相配，连红宝石四周的钻石款式都一样。他的手很柔软，保养得很好。手虽不大，却肌肉松弛。他动作迟缓，看上去有点儿笨拙。他搓了搓手，边搓边说："请允许一个陌生人对你的合伙人的不幸去世表示哀悼。"

"谢谢。"

"冒昧地问你一句，斯佩德先生，有没有报纸提到，这个不幸的事件与那个叫瑟斯比的人的死有关?"

斯佩德一言不发，脸上毫无表情。

凯罗起身鞠躬。"请原谅。"他坐了下来，双手并排放在桌角上，掌心朝下，"我问你这个问题，并不完全是出于好奇，斯佩德先生。我在试图找回一件——我可以这么说吗？——一件放错了地方的东西。我认为，并且希望，你能协助我。"

斯佩德点了点头，扬起眉毛表示自己在用心听。

"是一尊小雕塑，"凯罗继续说，谨慎地挑选着用词，"一只鹰的黑色雕塑。"

斯佩德再次点了点头，显得很有礼貌且非常感兴趣。

"我准备代表这尊雕塑的真正主人，付给你五千美元作为报酬。"凯罗从办公桌角上抬起一只手，用一根难看的食指那宽宽的指尖在空中指了一下，"我准备请你做出保证——那句话怎么说来着？——不该问的不问。"他再次把这只手放下，放在另一只手的旁边，和蔼地朝着这位私家侦探微笑着。

“五千块可是一大笔钱啊，”斯佩德一面这样评论，一面仔细地打量着凯罗，“这——”

有人轻轻地敲门。

“请进！”斯佩德喊道。

门开了一道足以探进埃菲·佩林的脑袋和肩膀的缝隙。她已经戴上了一顶黑色的小毡帽，穿上了一件灰皮领的黑外衣。

“还有什么事吗？”她问。

“没有了，晚安。走的时候锁上门，好吗？”

“晚安。”她说着，关上门走了。

斯佩德转动着椅子，面向凯罗说道：“这尊雕塑挺有意思。”外面传来埃菲·佩林关走廊门的声音。

凯罗微微一笑，从衣服内侧的口袋里掏出一把短而小巧的黑色手枪，说：“请把你的双手放在脖子后面。”

第五章 黎凡特人

斯佩德并没有去看手枪。他抬起双臂，靠在椅子上，把两只手的指头交叉着放在脑袋后面。他的眼神没有任何变化，一直牢牢地盯着凯罗的黑色面孔。

凯罗抱歉地咳嗽了一声，神经质地微微一笑，嘴唇有些发白。他那双黑眼睛看上去水汪汪、怯生生的。他十分认真地看着斯佩德。“我打算搜查一下你的办公室，斯佩德先生。我警告你，如果你想阻拦我，我肯定会对你开枪的。”

“请便。”斯佩德的声音和脸色一样，毫无变化。

“站起来，”这个握着手枪的人把枪口对准斯佩德厚实的胸脯，命令道，“我得查一下你身上是不是有枪。”

斯佩德站起身，用小腿把椅子向后推了推，随即伸直了腿。

凯罗绕到他背后，把手枪从右手换到左手，拉起斯佩德上衣的后襟，往里看了看。他左手用枪抵着斯佩德的脊梁，右手在斯佩德的腰间摸了一番，又拍了拍他的胸脯。此时，这个黎凡特人的脸刚好在斯佩德的右肘下方，距离不超过十五厘米。

凯罗向右转的时候，斯佩德的胳膊肘落了下来。凯罗的脸猛地往后一缩，但是缩的距离不够大。斯佩德右脚跟一下子踩在了那只漆皮鞋的尖部，把这个矮子锁定在了他的胳膊肘下面。斯佩德的胳膊肘正好磕在他的颧骨下方，磕得他摇摇晃晃，要不是斯佩德踩住了他的脚，他早就摔倒了。斯佩德的胳膊肘继续滑过那张充满惊讶表情的黑脸，他用那只伸直了的手朝手枪猛击。他的手指刚碰到手枪，凯罗马上就松开了手。手枪在斯佩德的手里就像个玩具。

斯佩德把脚从凯罗的脚上抬起来，完成“向后转”的动作。他用左手抓起这个矮子的衣领——那条插着红宝石别针的绿领带在他手背上抖动着——用右手把缴获来的武器塞进了上衣口袋。斯佩德那双灰黄色的眼睛阴沉沉的，脸上毫无表情，只有嘴角挂着一丝愠怒。

凯罗脸上痛苦和懊悔的神色交织在一起。他的黑眼睛里含着泪水，脸上的肤色像磨过的铅一样又黑又亮，只不过面颊上那处被斯佩德的胳膊肘磕过的地方有些发红。

斯佩德紧抓着黎凡特人的衣领，慢慢地把他扭转过来，然后把他推到刚才坐过的椅子跟前。那张铅黑色的脸上表露出的已经不是痛苦，而是困惑了。这时，斯佩德笑了。他的笑容十分和善，甚至有点儿迷惘。他抬起右肩，弯着的右臂随之升高。他的拳头、手腕、前臂、弯着的胳膊肘以及上臂，似乎形成了一根铁棍，一切动作都由富有弹性的肩膀来完成。他一拳打在凯罗脸上，击中了他的半边下巴、嘴角，以及颧骨和下颌骨之间的腮帮子。

凯罗眼睛一闭，失去了知觉。

斯佩德将这瘫软下来的躯体放倒在椅子上，凯罗就仰面朝天地躺在那儿，嘴巴张着，脑袋向后耷拉在椅背上。

斯佩德把这个失去知觉的人的衣服、裤子的口袋一个个掏空，动作有条不紊，必要时还把那瘫软的身体挪一挪。他把口袋里的东西放在办公桌上，堆成一堆。掏完最后一个口袋之后，他坐回到自己的椅子上，卷了支烟，点上火，开始检查战利品。他不慌不忙地检查着，检查得认真而彻底。

他发现了一个软皮子的黑色大钱包，里面装着各种面值的钞票，共计三百六十五美元；三张五英镑的钞票；一张有许多签证的希腊护照，上面有凯罗的姓名和照片；五张折叠着的粉红色的纸，上面写满了字，看起来像是阿拉伯文；一张关于发现阿彻和瑟斯比尸体的剪报，已经被揉得破破烂烂；一张印有照片的明信片，上面是个皮肤黝黑的女人，眼中流露出大胆和泼辣，嘴角温柔地向下垂着；一条丝手绢，已经旧得发黄了，折痕处已经跳丝了；薄薄的一沓名片，上面印着“乔尔·凯罗先生”几个字；一张当天晚上吉利剧院的戏票，是前排座位的。

除了钱包和钱包里的东西以外，还有三条散发着素心兰香水气味的颜色鲜艳的丝手绢；一块白金“浪琴”表，系着根赤金表链，另一头系在一个梨形的白色小金属环上；一大把美、英、法、中四个国家的硬币；一个钥匙圈，上面挂着六把钥匙；一支银镶玛瑙的自来水笔；一把套着人造革套子的金属梳子；一个也是套着人造革套子的指甲锉；一本小小的《旧金山街道指南》；一张南太平洋铁路的行李寄存证；半包紫罗兰香锭；一张上海保险掮客的商业名片；四张观景殿旅馆的信纸，其中一张用小字清清楚楚地写着塞缪尔·斯佩德的名字，以及他的侦探社和住宅的地址。

斯佩德把这些东西都仔细检查了一遍之后——甚至把手表的后盖打开，看看里面有没有藏东西——探身向前，用食指和大拇指拿起这个失去知觉者的手腕，给他号脉。号完脉之后，他把手腕放下，回到椅子上坐好，卷了一支烟，点燃了它。抽烟时，他脸上的表情十分平静，只有下唇偶尔无意识地微微翕动。他沉思着，看上去甚至有点儿傻。等到凯罗呻吟起来，眼皮颤动的时候，他却变得和颜悦色了，绽放出友好的笑容。

乔尔·凯罗慢慢地苏醒过来。他先睁开眼睛，足足过了一分钟才把目光固定在天花板的某个部位。随后，他闭上嘴，咽了口唾沫，粗声吸着气。他缩回一只脚，把一只手翻过来放在大腿上。然后，他从椅背上抬起头，困惑地四下张望着。他看见了斯佩德，于是坐起身来。他张嘴想要说话，却又吃惊地用手摸了摸被斯佩德的拳头猛击过的脸，这会儿他的脸已经又红又紫了。

凯罗咬着牙，痛苦地说："我本来可以开枪打你的，斯佩德先生。"

"你本可以一试。"斯佩德承认道。

"我没那么做。"

"这我知道。"

“那你为什么缴了我的枪之后还要揍我?”

“抱歉,”斯佩德像狼似的咧开嘴笑了笑,露出了牙床,“但是不妨想象一下,我发现五千美元的开价原来是一种欺骗之后,有多气恼。”

“你错了,斯佩德先生,是真的开价。”

“你在搞什么鬼?”斯佩德的惊讶倒完全是真的。

“只要能把雕塑找回来,我准备付五千美元。”凯罗把手从红肿的脸上挪开,坐直身体,又变得一本正经了,“雕塑在你手里吗?”

“不在。”

“如果它不在这儿,”凯罗彬彬有礼地怀疑道,“那么你为什么冒着挨枪子儿的危险阻止我搜查呢?”

“难道有人持枪抢劫,我会坐着不动吗?”斯佩德用手指弹了弹办公桌上那些凯罗的东西,“你弄到了我的住址。去过了吗?”

“去过了,斯佩德先生。我准备为找回雕塑而支付五千美元。不过只要办得到,我就得想办法给雕塑的主人节省这笔开支,这是人之常情!”

“他是谁?”

凯罗摇了摇头,微微一笑,说:“务必请你原谅,我不能回答你的这个问题。”

“我能原谅你吗?”斯佩德向前探了探身,抿着嘴笑了,“我已经制服了你,凯罗。你撞上门来,自投罗网。碰巧昨晚发生了两起命案,完全可以把你扭送到警察局去。好了,现在你必须按照我的规矩办,没什么好说的。”

凯罗装模作样地笑了笑,却一点儿也不惊慌。“我在采取行动之前，广泛了解过你的情况，”他说，“我确信你这个人非常理智，绝对不会因为有其他的考虑而影响有利可图的业务关系。”

斯佩德耸了耸肩。“业务关系是什么呢？”他问。

“我提出过，付给你五千美元作为——”

斯佩德用手指在凯罗的钱包上重重地敲了两下，说：“哪儿像有五千美元的样子啊！你就胡说八道吧！你完全可以走进来说，你准备付给我一百万美元，让我去寻找一头紫色的大象，可这到底有什么意义？”

“明白了，明白了，”凯罗思忖着眯起了眼睛，“你希望我为了证明诚意而有所表示。”他用指尖蹭了蹭他那红红的下嘴唇，“预付一点儿手续费，能算数吗？”

“能。”

凯罗朝钱包伸过手去，犹豫了一下，又缩回手，说：“你先拿一百美元，行吗？”

斯佩德拿起钱包，取出一百美元，然后皱了皱眉说：“最好是两百美元。”他又拿了一百美元。

凯罗没吭声。

“你的第一个猜测是鹰在我这儿，”斯佩德清楚地说道，他已经把两百美元装进了自己的口袋，把钱包扔到了桌上，“可结果没这回事。那么你的第二个猜测是什么呢？”

“你知道东西在哪儿。即使不知道具体的地方，也应该知道到哪儿去找。”

斯佩德对此不置可否，仿佛根本就没听见。他问道：“你能提供证据说明那个人就是此物的原主吗？”

“不幸的是，证据很少。不过有一点可以肯定：除了他以外，没有人能拿得出这么权威的证据。我认为你一定了解此事的来龙去脉，否则我就不会到这儿来了。你一定知道这只鹰是如何从他那里被人拿走的，这足以证明他对此物的拥有比任何人都来得正当，特别是比瑟斯比来得正当。”

“那他女儿呢？”斯佩德问道。

凯罗激动得睁大了眼睛，张大了嘴巴，脸涨得通红，声音尖得刺耳：“他不是物主！”

斯佩德说：“哦。”他声音温和，态度模棱两可。

“他现在在这儿，在旧金山吗？”凯罗问，声音不那么刺耳了，但依然很激动。

斯佩德困乏地眨了眨眼睛，建议道：“我们最好都把底牌亮出来。”

凯罗猛地一动，恢复了镇定。“我认为这不是好主意。”他的声音又温和了些，“如果你比我知道得多，那么我会由于你所知道的情况而受益。你的好处是拿到五千美元。如果你没有我知道得多，那么我到你这儿来就是个错误，要照你说的办，只会错上加错。”

斯佩德不置可否地点了点头，朝办公桌上的那些物品挥了挥手，说：“这是你的东西。”等凯罗把东西放回口袋里之后，他又说：“这么说，我为你寻找黑鹰的时候，你会支付给我一些费用，事成之后再给我五千美元？”

“是的，斯佩德先生。也就是说，除了支付给你的费用以外，再给你五千美元。”

“行。这是个符合惯例的建议。”斯佩德神色凝重，只是眼角微微向上翘着，“你并不是雇我去杀人或抢劫，只不过是让我把东西弄回来，尽可能用诚实、合法的手段。”

“尽可能诚实、合法。”凯罗表示同意，他也是一脸严肃，除了眼睛之外，“当然了，要视情况而定。”他站起身，拿起自己的帽子，“我住在观景殿旅馆，你若联系我，就找六三五号房间。我满怀信心地期望你我双方都能从这一合作中取得最大的利益，斯佩德先生。”他犹豫了一下，“我可以收回我的手枪吗?”

“当然，我都忘了。”

斯佩德把手枪从上衣口袋里掏出来，交给了凯罗。

凯罗用枪指着斯佩德的胸口。

“请把手放在桌子上，”凯罗认真地说，“我打算搜查你的办公室。”

“见鬼!”斯佩德从喉咙里发出了笑声，“好吧，搜吧，我不拦你。”

第六章 小尾巴

乔尔·凯罗走了之后，半个小时过去了，斯佩德仍旧坐在桌前，皱着眉头，一动也不动。然后，他用人们抛开伤脑筋之事时惯用的声调大声说：“好啦，反正他们为这事是付了钱的。”说罢，他从办公桌的抽屉里拿出一瓶曼哈顿鸡尾酒和一个纸杯。他往杯子里倒了三分之二的酒，喝了下去，把酒瓶放回抽屉里，把杯子扔进了字纸篓，然后戴上帽子，穿上大衣，关掉灯，走到灯火通明的街上去了。

一个身材矮小的小伙子，二十岁左右，头戴整洁的灰色帽子，身穿灰色大衣，正无所事事地站在斯佩德所在的那栋楼下面的街角上。

斯佩德沿着萨特街，往卡尼街走去。在卡尼街，他走进一家烟草店，买了两袋“达勒姆牛头”牌烟丝，出来的时候看见那个小伙子和另外三个人一块儿在马路对面等电车。

斯佩德在鲍威尔街的赫伯特烤肉店吃了晚饭。七点四十五分，他从烤肉店里出来时，那个小伙子正在附近的一家男子服饰店前浏览橱窗。

斯佩德走进观景殿旅馆，在前台打听凯罗先生的下落。前台的服务员告诉他，凯罗不在。他看见那个小伙子坐在大堂另一侧角落里的一把椅子上。

斯佩德去了吉利剧院。在剧院的门廊里，他没看见凯罗。他走到剧院前面的人行道上，面对着剧院。那个小伙子和另外几个闲逛的人在马夸德餐厅门前溜来溜去。

八点十分，乔尔·凯罗出现了。他迈着碎步沿着吉利街走来，显然没看见斯佩德。直到斯佩德碰了碰他的肩膀，他才有些吃惊，然后才恍然大悟，说：“啊，对了，你肯定是看见了戏票。”

“嗯，”斯佩德把凯罗从等候进场的观众堆里拉到了路边，“看见马夸德餐厅前面那个戴帽子的小子了吗?”

凯罗喃喃道：“让我看看。”他看了看手表，然后往吉利街上张望着。他看着剧院的广告，上面画着身穿夏洛克①戏装的乔治·阿利斯②。然后，他的两个黑眼珠慢慢地扫向侧面，直到瞅见那个戴帽子的小伙子。此人的面孔十分苍白，卷曲的睫毛遮住了一对正在往下看的眼睛。

---

① 夏洛克，莎士比亚著名戏剧《威尼斯商人》中的放高利贷者。

② 乔治·阿利斯（1868—1946），英国著名演员。

“他是什么人?”斯佩德问。

凯罗朝斯佩德笑了笑说:“我不认识。”

“他一直在跟踪我。”

凯罗用舌头舔了舔下嘴唇,问道:“你认为让他看见咱们俩在一起,这样做明智吗?”

“我怎么知道!”斯佩德答道,“不管怎么说,反正都已经看见了。”

凯罗摘下帽子,用戴着手套的手把头发捋平,然后仔细地把帽子戴回头上,极其坦率地说:“我向你保证,我确实不认识此人,斯佩德先生。我向你保证,我跟他毫无关系。除了你之外,我没有请过任何人来帮助我,我以我的名誉担保。”

“那么,他也不是来帮你的。”

“是的。”

“我只是想弄清楚而已。如果他妨碍了我,我就只好对他不客气了。”

“随你怎么办,他不是我的朋友。”

“那好吧,要开场了,再见!”斯佩德说。他穿过马路,上了一辆西行的电车。

戴帽子的小伙子也上了这辆电车。

斯佩德在海德街下了车,回到了公寓。虽说屋子里并不是特别乱,但一看就知道有人来翻过。斯佩德洗了个澡,换上件干净的衬衫,又出去了。他一路走到萨特街,乘上了一辆往西去的电车。那个小伙子也上了电车。

再穿过六条马路才能到皇冠公寓时,斯佩德就下了车,走进了一幢棕色的高层公寓大楼的门厅。他一下子按了三家的门铃，大门被打开了。他走到楼里，顺着两侧是黄色墙壁的楼道走到了大楼的后部。他发现了一扇后门，门上挂着一把弹簧锁。他钻出后门，进入了一个狭窄的院子。这个院子通往一条昏暗的小街。斯佩德沿着这条小街走过两个街区，这才拐向加利福尼亚街的皇冠公寓。此时已是九点半左右了。

布丽姬·奥肖内西欢迎斯佩德的那股热情劲儿，说明她完全没料到他会来。她穿了一件蓝色的缎子长袍，是阿图瓦式①的，是这个时装季的新品。长袍的肩带上配着玉坠。她脚上穿的长筒袜也是最时髦的。

那间红色与奶黄色相间的起居室现在被布置得井井有条。几个黑色和银色相间的矮陶罐里插满了鲜花，给房间平添了勃勃的生机。三小块没有剥皮的原木在壁炉里熊熊燃烧。她替斯佩德挂衣服和帽子的时候，斯佩德注视着炉火。

“你给我带来好消息了吗?”她返回起居室时问。她的笑意里隐藏着忧虑。她屏住了呼吸。

“现在咱们用不着把没有公开的事情说出去了。”

“那么警察就用不着了解我了吧?”

“用不着了。”

她快活地舒了口气，坐在胡桃木的长靠背椅上。她的面部表情放松下来，身体也松弛了。她满面笑容，用钦佩的目光看着斯佩德。“你是怎么做到的?”她问话的口气，与其说是好奇，不如说是惊异。

“在旧金山，大多数东西是可以买到或者搞到的。”

---

① 一种服装的款式。

“你不会惹上麻烦吧！坐下吧！”她在长靠背椅上给他腾出了一块地方。

“我倒是不在乎那么一点点麻烦。”他说这话的时候并没有显得很自负。

他站在壁炉边，直视着她，毫不掩饰地对她仔细地端详、评判。他这样肆无忌惮地上下打量她，使得她微微有点儿脸红，不过她却似乎比以前更加自信了，尽管羞怯之意并未从她的眼神中消失。他兀自站在那里，没理会她所提出的邀请，直到这样做显得有些故意了，他才朝长靠背椅走过去。

他一边坐下，一边问道：“你并不完全像你想装出来的那种人，对吧?”

“我不太明白你的意思。”她低声说，用疑惑的眼神注视着他。

“清纯女生，”他解释道，“说话磕巴，动不动就脸红。”

她脸色绯红，头都不抬地连忙回答道：“今天下午我跟你说过了，我很坏——比你想象的还要坏。”

“我就是这个意思。”他说，“今天下午你也跟我说过这几句话，用的是同样的腔调。这番话你大概已经练习了好久了。”

有那么一会儿，她十分羞愧，羞愧得几乎要哭出来了。然后，她竟然笑了出来，说：“那么，非常好，斯佩德先生，我完全不是我所装成的那种人。我八十岁，坏得要命，干的是翻砂工。不过，如果说这是一种装腔作势，那么也是日积月累形成的，你总不能指望我一下子把它全部改掉吧！”

“哦，没关系，”他安慰她说，“如果真的那么天真，就不是你了。那样的话，你我之间就什么协议都达不成了。”

“我不会那么天真的。”她用一只手按住胸口保证道。

“我今晚看见乔尔·凯罗了。”他礼貌地说道。

她脸上高兴的表情消失了。她紧紧地盯着他，先是有些害怕，后来变得谨慎起来。他把腿伸出去，望着自己交叉着的双脚，脸上的表情神秘莫测。

长时间的沉默过后，她不安地问道：“你——你认识他？”

“我今晚看见他了，”斯佩德连眼皮都没有抬，始终保持着轻松的口气，“他正要去看乔治·阿利斯的戏。”

“你是说，你跟他谈话了？”

“只谈了一两分钟，开场铃就响了。”

她从长靠背椅上站起身，走到壁炉前拨弄火。她把壁炉架上的一件摆设稍稍挪动了一下，然后穿过房间，到角落里的一张桌上拿了盒香烟，又整了整窗帘，才回到座位上。现在她很平静，没有了愁容。

斯佩德侧着脸对她咧嘴一笑，说：“你很棒！”

她的表情没有变化，平静地问：“他说什么了？”

“关于谁？”

她犹豫了一下，说：“关于我。”

“什么都没说。”斯佩德掏出打火机，凑到她叼着的烟头下方。他那张阎罗般的脸上毫无表情，只有眼睛在闪闪发光。

“啊，他说什么了？”她半开玩笑地追问道。

“他出五千美元找黑鹰。”

她吃了一惊，咬碎了嘴里的香烟。她惊恐地迅速朝他扫了一眼，目光随即转向了别处。

“你别再去拨弄火和整理东西了，行吗？”他懒洋洋地问道。

她发出一阵清脆、快乐的笑声，把咬坏的香烟扔进了烟灰缸。“行。”她应允道，“那么，你说什么了?”

“五千美元可是一大笔钱啊!”

她笑了。可是他呢，不仅没有笑容，反而严肃地看着她。她的笑容渐渐消失，取而代之的是困惑的表情，最后变成了痛苦、为难的表情。“你当然不会考虑的。”她说。

“为什么不？五千美元可是一大笔钱啊!”

“可是，斯佩德先生，你答应过帮我。”她双手拉住他的胳膊，“我信任你，你可不能……”她突然不说了，放开他的袖子，用力把双手交叉在一起。

斯佩德望着她那不安的眼睛，温存地笑着。“咱们还是别扯那么多了吧，”他说，“我答应过帮你……没错……可你却从来没向我说过黑鹰的事。”

“想必你已经知道了，否则你就不会跟我提起它来了。你不能这样对待我。”她用那双蓝色的眼睛哀求地看着他。

“五千美元可是一大笔钱啊!”他第三次这样说。

她耸了耸肩，举起双手，又放了下来，做了个承认失败的手势。“是啊，”她有气无力地轻声表示同意，“如果一定要我用钱来买你的忠诚的话，那么我是永远无法付给你足够的钱的。”

斯佩德的笑声短促，略带刻薄。“你说的没错，”他说，“除了钱，你给过我什么？给过我信任吗？给过我真话吗？给过我帮助吗？难道你不是出钱买我的忠诚吗？得了，如果我是在拍卖自己，那么我为什么不去卖个最高价呢?”

“我把所有的钱都给了你。”她杏眼圆睁，泪水在眼眶里闪烁。她用嘶哑、颤抖的声音说："我把希望全部寄托在你的仁慈上了。我说过，没有你的帮助，我就彻底完了。除此之外，我还有什么呢?"她突然移动到他身边，愤怒地大声说："我用身体来买你，行吗?"

他们俩的脸相距只有几英寸。斯佩德双手捧起她的脸，粗暴而傲慢地亲吻了一下她的唇，然后往后一靠，说："我得考虑考虑。"他的表情十分冷酷。

她静静地坐着，漠然地保持着被他捧起脸时的姿势。

他站起身来说："见鬼，这么做没有意义。"他朝壁炉的方向走了两步，又停下来，咬牙切齿地瞪着燃烧的木柴。

她一动不动。

他转过身来，面对着她，鼻梁上方的两道深得像裂缝一样的竖纹嵌在红红的眉心处。"我不在乎你是否诚实，"他对她说，尽量使自己平静下来，"我也不在乎你要什么把戏，有什么秘密。不过，我一定要得到某种东西，好让你知道自己在做什么。"

"我确实知道自己在做什么。请你相信我，这完全是为了得到最好的结果，以及——"

"证明给我看，"他命令道，"我才会心甘情愿地帮助你。我已经尽力而为了。必要的话，我愿意继续这么不明不白地干下去。不过我不能像现在这样，在没有证明你很可靠的情况下盲目地去干。你必须让我相信，你对这件事是心中有数的，而不是仅仅根据猜测和运气乱搞一气。希望最后会万事大吉。"

"你不能再多信任我一小会儿吗?"

"一小会儿是多久?你究竟在等什么?"

她咬着嘴唇，看着地面。“我必须先和乔尔·凯罗谈谈。”她用几乎听不见的声音说。

“你今晚就能见到他。”斯佩德看了看表说，“戏就要散场了。咱们可以往他住的旅馆打电话。”

她抬起眼睛，有些惊慌失措。“他不能来这儿。我不能让他知道我住在哪儿，我害怕。”

“去我家。”斯佩德建议道。

她犹豫着，抿了抿嘴，然后问：“你认为他会去吗？”

斯佩德点了点头。

“那好吧，”她蓦地站起身，大声喊道，“咱们现在就走！”

她到隔壁房间去了。斯佩德走到屋角的那张桌子前，悄悄地拉开了抽屉。里面有两副纸牌、一本桥牌记分簿、一根铜螺栓、一根红绳子、一支金色铅笔。当她戴着一顶小小的黑帽子、穿着一件灰色的羊皮大衣、拿着他的帽子和上衣从隔壁房间出来的时候，他已经关上抽屉在点烟了。

他们乘坐的出租车在一辆黑色轿车后面停了下来。黑色轿车刚好停在斯佩德公寓的大门口。爱娃·阿彻独自坐在轿车的驾驶座上。斯佩德向她脱帽致意，然后与布丽姬·奥肖内西一起走进了大门。到了公寓的大厅，他在长椅前停下了脚步，说道：“你不介意等一会儿吧，我马上回来！”

“请便，”布丽姬·奥肖内西一边说，一边坐了下来，“你不用着急。”

斯佩德走出大厅，来到了轿车旁边。他刚拉开车门，爱娃就说：“我必须跟你谈谈，山姆。我能进去吗？”她脸色苍白、神情紧张。

“这会儿不行。”

爱娃咬牙切齿地厉声问道：“她是谁?”

“我只有一会儿工夫，爱娃。”斯佩德耐着性子说，“什么事?”

“她是谁?”爱娃再次问道，朝大门的方向扭了扭头。

他把目光从她身上移开，朝街上望去。在街角的一个修车行前面，有个矮个子的年轻人，二十来岁，头戴整洁的灰色帽子，身穿灰色大衣，懒洋洋地靠在墙上。斯佩德皱起眉头，目光又回到不依不饶的爱娃的脸上。“怎么了?”他问，“出什么事了? 你不该这么晚了还来这儿。”

“我总算明白了!”她埋怨道，“你既不让我到侦探社去，又不让我来这儿，是不想让我追着你吧! 干吗不直说呢?”

“喂，爱娃，你没有权利这样对待我。”

“我知道我没有权利。我本以为我是有权利的，被你那假装出来的爱给蒙蔽了——”

斯佩德疲倦地说：“现在不是争论这些的时候。亲爱的，你找我有什么事?”

“我不能在这儿说，山姆。我能进去吗?”

“这会儿不行。”

“为什么不行?”

斯佩德什么都没说。

她把嘴巴抿成一条缝，一面在驾驶座上扭来扭去，一面发动着轿车，怒气冲冲地直视着前方。

轿车启动时，斯佩德说：“晚安，爱娃。”他用一只手替她关上车门，用另一只手拿着帽子，站在路边，直到汽车开走才走进大门。

布丽姬·奥肖内西愉悦地微笑着从长椅上站起身，和他一起前往公寓的房间。

第七章
空中的“古”字

在斯佩德的卧室里，安在墙上的床已经被折起，卧室现在变成了起居室。斯佩德拿了布丽姬·奥肖内西的帽子和大衣，让她在一张铺有垫子的摇椅上舒舒服服地坐下，然后往观景殿旅馆打了个电话。凯罗看戏还没回来。斯佩德留下自己的电话号码，要求凯罗回来后立刻给他回电话。

斯佩德在桌旁的扶手椅上坐下，没有任何介绍与铺垫，开门见山地向姑娘讲起几年前发生在西北部的一件事情。他以一种实事求是的语调沉着地讲述着，话语中没有强调，也没有停顿，只是偶尔把说过的句子稍作更改，重复一遍，仿佛这是件了不起的大事，每个细节都应该严格按照当时的情况加以叙述似的。

一开始，布丽姬·奥肖内西没有注意听，她显然对他如此讲述这件事感到很惊奇，而不是感到有趣。令她好奇的是他讲这件事的目的，而不是他讲了什么事。但是不一会儿，他所讲述的情节越来越吸引她，使她听得入了神，一动也不动了。

他讲的是一个名叫弗利特克拉夫特的人的事情。一天，弗利特克拉夫特离开塔科马市的房地产中介公司去吃午饭，就此一去不复返。他原本约好这天下午四点以后和朋友一起去打高尔夫球，结果爽了约。是他在出去吃午饭之前半小时左右主动约的人家。他的老婆、孩子从此以后就再也没见到过他。应该说，他和自己的老婆很恩爱。他们有两个孩子，都是男孩，一个五岁，一个三岁。他在塔科马市的郊区拥有自己的住宅和一辆崭新的“帕克”牌汽车。与美国的其他成功人士一样，在生活上，他是应有尽有。

弗利特克拉夫特从父亲那里继承了七万美元的遗产。由于他在房地产方面经营有方，到失踪时，他已经挣下了价值二十万美元的家产。他经营业务有条不紊，不过也有一些未了结的事务，足以说明他事先没安排好就失踪了。比如说，有一笔交易，利润相当可观，原定在他失踪后的一天成交。他走的时候身上只有五六十美元。根据他以往的生活习惯，完全可以排除他悄悄地去干什么坏事，或者与女人一起私奔的可能性。

“他就这么走了，”斯佩德说，“就像拳头——手一张，没了。”

他讲到这里时，电话铃响了。

“喂，”斯佩德对着话筒说，“凯罗先生吗……我是斯佩德。你能到我这儿来一趟吗？波斯特街，现在……是的，我想是这样。”他看了姑娘一眼，努了努嘴，然后快速地说道：“奥肖内西小姐也在这儿，她想见见你。”

布丽姬·奥肖内西皱起眉头，在椅子里动了一下，什么也没说。

斯佩德放下话筒，告诉她：“他一会儿就到。好吧，接着讲。那是一九二二年的事。一九二七年，我在西雅图一家大侦探社工作。弗利特克拉夫特太太来了，告诉我们有人在斯波坎看见了一个人，很像她丈夫。我到了那里，发现那个人果然是弗利特克拉夫特。他在斯波坎已经生活两年了，用的名字是‘查尔斯’，姓‘皮尔斯’。他做汽车生意，一年能净赚两万到两万五千美元。他又娶了个老婆，生了一个小儿子。他在斯波坎郊区有自己的住宅，在适于打球的季节，常常下午四点钟以后去打高尔夫球。”

委托人并没有明确告诉斯佩德，找到弗利特克拉夫特以后该怎么办。于是他们俩就在达文波特旅馆斯佩德的房间里谈了谈。弗利特克拉夫特并不感到内疚，他给自己的第一个家庭留下的钱足可以让他们过上好日子了。在他看来，自己的所作所为完全合乎情理。唯一让他伤脑筋的就是如何能够让斯佩德明白这个道理。他以前从未对别人谈起过这件事，所以没必要想方设法把这个道理讲清楚，而现在他则试图把它讲清楚。

斯佩德对布丽姬·奥肖内西说：“我是弄明白了，可是弗利特克拉夫特太太却不理解。她觉得这是蠢事一桩，不过结果倒还算可以。她不想让人看笑话，更何况自从他玩弄了她的感情之后，她再也不想要他了。于是，他们俩悄悄地离了婚，圆满地解决了所有的问题。

“原来，当年弗利特克拉夫特遇到了一件事。他在去吃午饭的路上，从一座正在兴建的办公大楼前经过。施工现场刚搭好架子。一根横梁之类的东西从八九层楼那么高的地方掉落下来，砸在他身旁的人行道上，并没有碰着他。可人行道却被砸坏了一块儿。一个碎片儿飞起来，溅在他脸上。虽说只擦掉了一块儿皮，可是我见他的时候，他脸上还留着一个伤疤。他跟我说起这件事时，很动情地用手摸了摸那个伤疤。他说他当时只是被惊着了，没有真正感到害怕。他觉得这就像有人把生活的盖子揭开，让他看见里面有什么东西似的。

“弗利特克拉夫特向来都是好公民、好丈夫、好父亲，这不是外界强加给他的，而是因为他很适应周围的环境，并且与周围的人相处得十分和谐。他的朋友也都如此，因此他所接触到的都是些井井有条、合情合理的事物。现在，一根掉下来的房梁改变了他对生活固有的认识。作为一个好公民、好丈夫、好父亲，他很可能就在从办公室到餐馆的这段路上，被一根意外掉落的房梁消灭掉。他当时就明白了，所有人都有可能这样惨遭横祸，能活着只不过是因为倒霉事没有落到自己头上。

“令他思绪万千的倒不是命运的不公平：最初的震惊之后，他已经接受了这一事实。令他思绪万千的是，他自认为把生活安排得井井有条，而实际上他却没有跟上生活的节奏，与生活脱了节。他说，他从那根掉落的房梁处没走出几步，就已经知道，如果不及时调整自己，以适应生活，自己是绝对安不下心来的。到了吃午饭的时候，他已经找到了调整自己的办法。既然他的人生可能会被偶然掉落的一根房梁结束掉，那么他不妨试试用‘一走了之’的办法来改变一下自己的人生。他认为自己十分热爱自己的家庭，他知道自己留下的财产足够养活家人了。因此，如果他离开了家人，这种爱不会变成痛苦。

“他当天下午就去了西雅图，从那儿乘船到了旧金山。他流浪了两年，后来又回到了西北部，定居在斯波坎，并结了婚。虽说他的第二任妻子长得与他的第一任妻子并不相像，但两任妻子之间有着许多共同之处。应该说，她们俩都是那种会打高尔夫球、会玩儿桥牌、喜欢新的色拉配方的女人。他对自己做的事并不后悔。对他来说，这是很合情理的。依我看，他甚至不知道他已经自然而然地恢复了固有的生活方式。不过，我一向欣赏的就是这一点。他努力使自己适应掉下来的房梁，而后来再也没有东西掉下来了，他也就努力使自己适应不掉东西的生活了。”

“这个故事太有意思了！”布丽姬·奥肖内西说。她离开摇椅，站到他面前，睁大了眼睛。“我用不着告诉你，你让我在这儿见凯罗，对我有多不利。既然这是你的意思，那么我也没办法。”

斯佩德抿嘴一笑，说：“对，你用不着告诉我。”

“要不是因为完全信任你，我是绝不会让自己陷入这种境地的。”她用拇指和食指一个劲儿地拧着他蓝上衣的黑纽扣。

斯佩德说：“又来了！”话语中有一种嘲弄和忍让的意味。

“这你是知道的！”她不依不饶。

“不，我不知道。”他拍了拍她那只拧着纽扣的手，“当初我要你说出理由，告诉我为什么应该信任你，结果却到了这个地步。咱们可别把事情弄混了！不管怎么说，你不必信任我，只要能说服我，让我信任你就行。”

她审视着他的面孔，鼻翼翕动着。

斯佩德笑了，又拍了拍她的手，说：“现在先别为这个操心，凯罗一会儿就到。先把你跟他的事情办完，然后再看看咱们该怎么办。”

“你让我用自己的方式——跟他——办这事吗?”

“那当然。”

她把手在他的手底下翻过来，手指紧紧贴住他的手指，轻声说：“你真是我的及时雨。”

斯佩德说：“别太夸张。”

她尽管仍在微笑，却用责怪的目光望着他，然后转身回到摇椅中。

乔尔·凯罗很激动。他那双黑眼睛好像是变红了。没等斯佩德把门打开一半，他就扯着又细又尖的嗓子忙不迭地把话倾倒出来。

“那小子在外面盯着这栋楼呢，斯佩德先生。是你指给我看的那小子，或者说，是你在剧院前面把我亮给他看的那小子。我应该怎么理解这件事情呢，斯佩德先生？我上这儿来是真心诚意的，丝毫没想要花招、设圈套。”

“我请你来也是真心诚意的。”斯佩德顾虑重重地皱着眉头，“不过，我应该想到他会跟到这儿来。他看见你进来了吗?”

“当然看见了。我本可以走过去，不过那好像没什么用，因为你已经让他看见你我在一起了。”

布丽姬·奥肖内西来到门厅里，站在斯佩德背后，焦急地问:“什么‘那小子’? 怎么回事?”

凯罗从头上摘下他的黑色帽子，生硬地鞠了一躬，用平时说话的嗓音说：“如果你还不知道，那么就问斯佩德先生好了，我所知道的都是他告诉我的。”

“有个年轻人，整个晚上都在城里跟踪我。”斯佩德漫不经心地朝身后说，并没朝姑娘转过脸去，“进来吧，凯罗，何必站在这儿让左邻右舍都听你讲话!”

布丽姬·奥肖内西抓住斯佩德的胳膊问：“他跟踪你到我的公寓里去了吗?”

“没有。我先把他甩掉了才去的。我想，他大概是后来又回到了这儿，想重新跟踪我。”

凯罗双手捧着帽子，跨进了门厅。斯佩德在后面把公寓的门关上，和他一起走进了起居室。凯罗在起居室里再度生硬地鞠了一躬，说：“我很高兴再次见到你，奥肖内西小姐。”

“我早就知道你想见我，乔尔。”她一面回答，一面把手伸给他。

他握着她的手，再度规规矩矩地鞠了一躬，然后迅速地把手松开。

布丽姬·奥肖内西在先前坐过的那把铺有垫子的摇椅上坐了下来。凯罗坐在桌旁的扶手椅上。斯佩德把凯罗的帽子、大衣挂在壁橱里之后，在靠窗的长沙发的一端坐了下来，开始卷烟。

布丽姬·奥肖内西对凯罗说："山姆跟我讲了你给鹰开价的事。这笔钱你什么时候能凑齐？"

凯罗的眉毛剧烈地抖动了一下。他微微一笑，说："已经准备好了。"他继续朝姑娘笑了一小会儿，然后将目光转向了斯佩德。

斯佩德正在点烟。他的脸庞静如止水。

"现金？"姑娘问。

"啊，是的。"凯罗答道。

她皱起眉头，舔了舔嘴唇，又缩回舌尖，问："如果我们把鹰给你，你现在就能付给我们五千美元吗？"

凯罗把一只手扭动着举起来，说道："请原谅，我没把意思表达清楚。我并不是说现在我口袋里就有五千美元，而是说我已经准备好了，只要在银行营业的时间随时打个招呼，就能立即拿到。"

"哦！"她看着斯佩德。

斯佩德把烟向下喷到了自己的胸前，说："这话大概不假。今天下午我搜他身的时候，他口袋里只有几百美元。"

看见她把眼睛睁得又大又圆，他咧嘴一笑。

黎凡特人在椅中探身向前。他的眼神和声音中都流露出了渴望："我可以在，嗯，上午十点半吧，把钱全都准备好。如何？"

布丽姬·奥肖内西朝他微微一笑，说："可我还没拿到鹰呢。"

凯罗一阵恼怒，把脸一沉，把两只丑陋的手放在椅子的扶手上，挺直了他那小骨骼的身躯，僵直地坐着。他的黑眼睛里充满了愤怒。他什么话都没说。

姑娘假装安抚地朝他做了个鬼脸，说：“不过，最多一个星期，我就能拿到它。”

“它在哪儿？”凯罗看似礼貌地表示怀疑。

“在弗洛伊德藏它的地方。”

“弗洛伊德·瑟斯比？”

她点了点头。

“你知道是哪里吗？”他问。

“我应该知道。”

“那么我们为什么要等一个星期呢？”

“也许不是整整一个星期。你是在帮谁买它，乔？”

凯罗扬起眉毛说：“我告诉斯佩德先生了，帮它的拥有者买。”

姑娘的脸上浮现出怀疑的神色。“这么说，你又回到他的麾下了？”她说。

“自然是这样。”

她轻轻地笑了笑，说：“我应该高兴才是。”

凯罗耸了耸肩。“这也是符合逻辑的。”他用一只手的手掌蹭了蹭另一只手的手背。他的上眼皮垂了下来，遮住了眼睛。“怎么样，大概应该轮到我提问了。你愿意卖给我吗？”

“弗洛伊德出事之后，”她简单地说道，“我很害怕，所以我才直到现在都没去拿它。我怕触摸它，除非立刻把它交给别人。”

斯佩德把胳膊肘架在沙发扶手上，不偏不倚地看着他们俩，听他们俩说话。他那懒散的姿势，以及脸上那从容不迫的表情，让人觉得他对这件事情既不感到好奇，又很有耐心。

凯罗低声问：“弗洛伊德到底是怎么回事？”

布丽姬·奥肖内西用右手食指飞快地在空中画了个“古”字。

凯罗说：“明白了。”不过，他的笑容里似乎带着怀疑。凯罗问道：“他在这儿吗？”

“我不知道。”她不耐烦地说，“他与此事有什么关系？”

凯罗笑容里的疑惑加重了。“关系大着呢。”他说着，把两只手放在大腿上。这样一来，他那根短粗的食指就不知是有意还是无意地指向了斯佩德。

姑娘朝这根手指头瞟了一眼，用头做了个表示不耐烦的动作，说：“非你即我。”

“一点儿不错。咱们还应该加上在外面跟踪的那小子吧？”

“是的，”她哈哈大笑着附和道，“除非他是你在君士坦丁堡的手下。”

凯罗的脸突然涨得通红。他勃然大怒，尖声怒吼道：“就不会是你搞的鬼吗？”

布丽姬·奥肖内西从椅子上跳起来，咬着下嘴唇。她的眼睛又黑又大，脸色由于紧张而发白。她飞快地走到了凯罗跟前。他刚想站起来，她就伸出右手，啪地打了他一记耳光。他的脸上留下了一个清晰的巴掌印。

凯罗呻吟了一声，立即回敬了她一记耳光，把她打得踉踉跄跄地倒向一边，发出了低沉的叫声。

斯佩德脸上毫无表情地站起来，走到他们俩跟前，一把掐住凯罗的喉咙，摇晃着他。凯罗咳嗽了几声，把一只手伸进上衣口袋。斯佩德一把抓住这个黎凡特人的手腕，把他的手从衣服上扭开，强迫这只手朝侧面伸直。他扭着凯罗的手腕，直扭到凯罗松开软弱无力的手指。那把黑色的手枪掉在了地毯上。

布丽姬·奥肖内西飞快地把枪捡了起来。

凯罗因为脖子被卡着，说话很费力："这是你第二次动手打我!"他虽然因为脖子被卡着而眼睛有点儿凸起，但眼神却仍然冷酷而充满威胁。

"没错，"斯佩德咆哮着，"你小子只有挨了揍才会长记性。"他放开凯罗的手腕，张开厚厚的巴掌，往他脸上猛打了三下。

凯罗想往斯佩德的脸上吐唾沫，可他的嘴太干，吐不出来，只做了一个愤怒的姿势。斯佩德又往他嘴上打了一巴掌，打破了他的下嘴唇。

这时，门铃响了。

凯罗的眼珠子骨碌一转。他紧盯着通往公寓大门的门厅，眼神里没有了愤怒，而是充满了警惕。姑娘刚才还气喘吁吁，现在也转过身去，面向门厅，神色惶恐不安。斯佩德阴沉地瞪了凯罗一会儿。只见凯罗的嘴唇鲜血直流。斯佩德后退了一步，把掐住凯罗脖子的那只手松开了。

"谁?"姑娘走到斯佩德身边，轻声问。凯罗来回转动着眼珠，似乎也在想着同样的问题。

斯佩德烦躁地回答："我不知道。"

门铃又响了，这回按得更为执着。

"好了，别出声。"斯佩德一边说，一边走出房间，把门带上。

斯佩德按亮门厅的电灯并打开了公寓的门。邓迪副队长和汤姆·波尔豪斯站在外面。

“你好，山姆，”汤姆说，“我们估计你大概还没睡。”

邓迪只是点了点头，什么话也没说。

斯佩德心平气和地说：“你们好。你们哥儿俩专拣好时辰登门造访啊！现在都什么时候了！”

邓迪这才平静地说：“我们想跟你谈谈，斯佩德。”

“好啊，”斯佩德站在门口，挡住了路，“有什么话就谈吧。”

汤姆·波尔豪斯向前一步，说：“咱们不必站在这儿谈吧！”

斯佩德堵在门口，说：“你们不能进。”他语气里有那么一丁点儿抱歉的意思。

汤姆那张粗糙的脸上流露出一种带有友好意味的不屑表情，不过他那双狡黠的眼睛却依旧闪着快活的光。他和斯佩德脸对着脸。“什么意思，山姆？”他一边抗议，一边用他的一只大手半开玩笑地推了推斯佩德的胸脯。

斯佩德顶着这只推他的手，狼一般地露齿一笑，问道：“霸王硬上弓吗，汤姆？”

汤姆嘟囔着：“唉，看在上帝的分上……”他缩回了手。

邓迪咬着牙，从牙缝里挤出一句话：“让我们进去！”

斯佩德把嘴一张，露出了尖尖的牙齿。他说：“你们不能进去。你们到底想干什么？想硬闯吗？要么在这儿谈，要么滚蛋！”

汤姆哼了一声。

邓迪继续咬着牙说：“配合一点儿，这对你有好处，斯佩德。你逃得过今天、明天，可逃不过后天。”

“有本事你就来阻拦我吧！”斯佩德傲慢地回答。

“我正要这么做。”邓迪反剪着双手，把脸硬凑到这名私家侦探的跟前，“人家都在议论，说你和阿彻的老婆合伙欺骗阿彻。”

斯佩德哈哈大笑着说：“这话像是你自己编出来的。”

“这么说，根本就没有这回事？”

“根本就没有这回事。”

“人家都说，”邓迪说，“她打算跟阿彻离婚，然后跟你过，可阿彻不肯。有这回事吗？”

“无稽之谈。”

“人家甚至还说，”邓迪不动声色地继续说道，“你是因此才派他去那个地方的。”

斯佩德差点儿被他逗乐了。“别这么贪心，”他说，“你不该试图一次把几桩命案都算在我头上。一开始你们认为我杀了瑟斯比，因为他杀了迈尔斯。如果你们又把杀迈尔斯的事也算在我头上的话，那么瑟斯比杀了迈尔斯的推论就站不住脚了。”

“我可没说你杀了人，”邓迪答道，“是你自己反复这么说的。不过，你其实可以杀掉他们两个，这是合情合理的推测。”

“那么，我杀了迈尔斯，去夺他的老婆，然后去杀瑟斯比，这样就可以把迈尔斯的命案栽在他身上了。这是什么逻辑？是不是我再杀一个人，就可以把瑟斯比的命案栽到他头上了？这么杀来杀去，要杀到什么时候？你是不是打算把旧金山所有的命案都算在我头上？”

汤姆说："唉，别开玩笑了，山姆。你很清楚，我们跟你一样不喜欢这么做，可是没办法，我们是公务在身啊！"

"我希望你们找点儿别的事干，别总是深更半夜地跑到这儿来，问一大堆愚蠢透顶的问题。"

"而且得到的回答全是弥天大谎。"邓迪故意加了一句。

"别上火。"斯佩德告诫道。

邓迪上下打量了他一番之后，直盯着他的眼睛。"你说你和阿彻的老婆之间是清白的，"他说，"我敢肯定你在说谎。"

汤姆的小眼睛里流露出吃惊的神色。

斯佩德舔了舔嘴唇，问道："原来是凭着这个热门儿消息，你才三更半夜地跑到我这儿来的！"

"这是原因之一。"

"还有什么原因？"

邓迪撇了撇嘴。"让我们进去。"他意味深长地朝被斯佩德挡着的通道歪了歪头。

斯佩德皱着眉，摇了摇头。

邓迪又抬起嘴角，得意地狞笑着。"里面一定有名堂。"他对汤姆说。

汤姆双脚移动了一下，看都不看那两个人，嘟囔道："天知道。"

"这是干什么？"斯佩德问，"猜谜语？"

"好吧，斯佩德，我们走。"邓迪系好大衣的扣子，"我们会随时来找你的。也许你有与我们对抗的权利。好好想想吧。"

"好的，"斯佩德咧嘴笑道，"欢迎随时光临，副队长大人。等我有了空，会让你们进来的。”

从斯佩德的起居室里传来了尖叫声：“救命！救命！警察！救命！”声音很响，又细又尖，是乔尔·凯罗在喊。

邓迪副队长正要转身走开，马上又停了下来，重新面对着斯佩德，毅然地说：“我想，我们还是应该进去！”

这时，传来了短促的搏斗声、击打声、被捂住嘴之后的喊叫声。

斯佩德的脸上浮现出一丝苦笑。他说：“我想，你们可以进去了。”说完，他终于让开了。

两位警探走了进去。斯佩德关上了公寓的门，跟着他们一起返回了起居室。

第八章 信口雌黄

布丽姬·奥肖内西蜷缩在桌旁的扶手椅里，双手抱头，双膝向上蜷着，遮住了大半个脸。她大睁着双眼，露出惊恐的神色。

乔尔·凯罗站在她面前，弯着腰，一只手拿着刚才被斯佩德扭掉的手枪，另一只手捂着自己的额头。血从他的指缝中渗出，流到了眼睛上。他那被打伤的嘴唇上有一股小一些的血流，这股血流在下巴上形成了三条波纹状的血痕。

凯罗不顾两位警探的到来，兀自瞪着缩成一团的姑娘。他的嘴唇颤抖着，可就是发不出清楚的声音来。

在三个人中，第一个走进起居室的是邓迪。他迅速来到凯罗身旁，一只手伸到自己的大衣下面，另一只手抓住这个黎凡特人的手腕，吼道："你要干什么?"

凯罗把沾满血的手从头上挪开，在副队长的面前一个劲儿地挥舞。手一挪开，他额上就露出一道七八厘米长的大口子。"这是她干的，"他喊道，"瞧!"

姑娘把脚放到地上，小心翼翼地看了看攥着凯罗手腕的邓迪，又看了看站在邓迪身后的汤姆·波尔豪斯，以及斜靠在门框上的斯佩德。斯佩德显得很平静。当他的目光与她的目光相遇时，他那灰黄色的眼睛顿时闪现出一丝恶意的幽默，随即又变得漫无表情了。

"是你干的吗?"邓迪问那个姑娘，并且朝凯罗的伤口歪了歪头。

她又看了看斯佩德。他对她眼神中的恳求毫无反应，径自靠在门框上，对屋里的人和事用一种局外人的超然态度冷眼旁观。

姑娘的目光转向了邓迪的眼睛。她的眼睛又大又黑，露出诚实的神情。"我是迫不得已，"她用颤抖的声音说道，"我跟他单独在一起时，他忽然向我扑了过来。我无法——我试图让他后退——可我——可我无法狠下心来朝他开枪。"

"哦，你这个骗子!"凯罗喊道，徒然地试图把拿枪的手从邓迪的手中挣脱，"哦，你这个下流的臭婊子!"他转过身来，面对着邓迪，"她鬼话联翩。我是诚心诚意到这儿来的，他们两个人却一起揍我。你们来的时候，斯佩德出去跟你们说话，留下这娘儿们拿着这把手枪。后来她说，你们一走她就杀了我，于是我就直喊'救命'，这样你们就不会丢下我了。后来，她拿手枪夯我。"

"喂，把家伙给我，"邓迪一边说，一边从凯罗手中夺下手枪，“现在我们把事情搞清楚。你到这儿来干什么?”

“是他叫我来的。”凯罗扭过头，挑衅地瞪着斯佩德，“他打电话给我，要我来这儿。”

斯佩德十分疲惫地朝黎凡特人眨了眨眼睛，什么话都没说。

邓迪问：“他叫你来干什么?”

凯罗先用一块淡紫色花纹的丝手绢擦了擦流血的前额和下巴，才做回答。此时，他的愤怒已经变成了警惕：“他说他要——他们要——见我。我不知道为什么。”

汤姆·波尔豪斯低下头，闻了闻这条擦血的手绢散发出的素心兰香水的气味，然后回过头来，用质问的眼神怒视着斯佩德。斯佩德对他眨了眨眼，继续卷纸烟。

邓迪问：“那么，后来怎么样啦?”

“后来他们就动手打我。这女的先打我，接着斯佩德掐住我的脖子，把手枪从我的口袋里夺走了。如果不是你们在这个当口赶到，还不知道他们接下去会干出什么事情来呢。我敢说，他们一定会把我就地杀死。门铃响了，斯佩德出去开门的时候，只剩下这娘儿们拿枪看着我。”

布丽姬·奥肖内西跳起来，嚷道：“你们干吗不叫他说实话?”她又打了凯罗一记耳光。

凯罗口齿不清地喊叫起来。

邓迪一只手抓着黎凡特人的胳膊，一只手把姑娘推了回去，咆哮着说：“不许放肆!”

斯佩德点上烟，透过烟雾咧嘴笑了笑，然后对汤姆说：“她太冲动了。”

“是啊!”汤姆附和道。

邓迪沉着脸注视着姑娘，问道："你要我们相信什么？"

"不是他说的那样，"她答道，"根本不像他所说的。"她转向斯佩德，"对吧？"

"我怎么知道！"斯佩德答道，"我正在厨房里做鸡蛋饼，就闹出了这事，不是吗？"

她皱起眉头，用疑惑的眼神打量着他。

汤姆厌恶地哼了两声。

邓迪毫不理会斯佩德的话，仍旧瞪着那姑娘，问她："如果他没讲实话，怎么会是他喊救命，而不是你喊呢？"

"啊，我一还手，他就吓破了胆。"她一面回答，一面轻蔑地注视着凯罗。

凯罗脸上没有沾血的地方涨得通红。他喊道："呸，你还在撒谎！"

她踢了他一下，蓝色拖鞋的高跟刚好触到他膝盖以下的部位。邓迪把他从她身边拉开，而大个子汤姆则走了上去，站在她身边，声音低沉地说："规矩点儿，妹子！"

"那就叫他说实话！"她挑衅地说。

"我们会叫他说实话的，"他保证道，"不过你别这么撒野。"

邓迪用冷峻而明亮的绿眼睛看着斯佩德，一副志得意满的样子。他对自己的下属说："好了，汤姆，我要是把他们全都带走，准不会抓错人。"

汤姆无可奈何地点了点头。

斯佩德离开房门，往房间中央走。路过桌子的时候，他顺手把烟蒂扔进了桌上的烟灰缸。他的言谈举止显得十分和蔼可亲、镇定自若。"别急嘛，"他说，"一切都会解释清楚的。”

“这是必须的。”邓迪冷笑着表示赞同。

斯佩德朝姑娘鞠了个躬。“奥肖内西小姐，”他说，“让我给你介绍一下邓迪副队长和波尔豪斯探长。”他朝邓迪鞠了个躬，“奥肖内西小姐是本侦探社的一名雇员。”

乔尔·凯罗愤怒地说：“不是这么回事。她——”

斯佩德打断了他的话，虽然声音很响亮，但表情依旧很和善。“我是昨天刚雇用她的。这位是乔尔·凯罗先生，是瑟斯比的一位朋友——至少是瑟斯比的一个熟人。他今天下午到我这儿来，想雇我去找瑟斯比被杀时带在身上的一件东西。他向我提起这件事的方式很古怪，我不愿意接受。他掏出一把枪来！啊，这一点并不重要，除非我们对簿公堂。总之，我跟奥肖内西小姐谈了这事之后，我们认为从他那里也许能打听到关于迈尔斯和瑟斯比遇害的情况，所以我才约他到这儿来的。我们向他提问题时，也许有些粗暴。不过，他并没有受伤，不至于喊‘救命’。我只好再次缴下了他的枪。”

斯佩德说话的时候，凯罗涨红的脸上流露出焦急的神情。他的眼珠上下乱动，不安地一会儿盯着地板，一会儿盯着斯佩德那张毫无表情的面孔。

邓迪和凯罗面对着面。邓迪粗暴地问：“好了，你有什么要说的？”

凯罗沉默了将近一分钟，目光不离副队长的胸口，眼神中充满了怯懦。“我不知道自己该说什么。”他嘟囔道，看来他是真的很尴尬。

“就讲讲事实吧。”邓迪建议道。

“事实？”凯罗显得烦躁不安，却仍然注视着副队长，

“怎么才能让你们相信我的话呢?”

“别支支吾吾，你只要提出控告，说他们揍了你，就足以使书记官相信你的话了。他会签发一张逮捕令，把他们关进监牢里去。”

斯佩德自认为很幽默地说：“说吧，凯罗。让他高兴一下，告诉他你会这么做。然后我们也控告你，他就可以把咱们统统收进去了。”

凯罗清了清嗓子，紧张地看了看四周，不敢正视大家。

邓迪恶狠狠地哼了一声，然后说：“诸位，请拿上帽子!”

凯罗那充满担心与疑问的目光遇上了斯佩德嘲弄的目光。斯佩德朝他眨了眨眼，兀自坐在铺有垫子的摇椅的扶手上。“好了，诸位，”他一面说，一面对黎凡特人咧嘴笑了笑，又朝姑娘笑了笑。他的声音和表情都是愉快的：“咱们把这件事彻底弄清楚吧。”

邓迪的面部表情严肃而生硬，阴沉得像一块生铁。他再次命令道：“诸位，请拿上帽子!”

斯佩德转过脸来，对副队长咧嘴笑了笑。他在椅子的扶手上动了动，换了个更舒服的姿势，懒洋洋地问：“你们被欺骗了，还蒙在鼓里!”

汤姆·波尔豪斯的脸涨得通红。

邓迪那依旧阴沉的面部表情丝毫没有改变，只有嘴唇僵硬地动了动。他说：“不知道，不过到了局里，事情自然会水落石出。”

斯佩德站起身来，双手插进了裤兜。他站得笔直，居高临下地俯视着副队长。他的笑容充满了嘲弄与自信。

“谅你也不敢把我们抓进去，邓迪，”他说，“我们会在旧金山的每一张报上发表嘲笑你的文章。你总不会认为我们真会相互控告吧！醒醒吧，你上当了！刚才门铃一响，我就对奥肖内西小姐和凯罗说：‘又是那帮混账警察。他们越来越讨厌了。咱们跟他们开个玩笑吧！一发觉他们要走，你们就派一个人大声呼救，看看他们多久才能识破。’后来——”

布丽姬·奥肖内西坐在椅子里，弯下腰，歇斯底里地大笑起来。

凯罗先是吃了一惊，随后也笑了。他的笑容不带任何感情色彩，只是脸上凝固着笑模样罢了。

汤姆沉着脸，嘟囔着：“别闹了，山姆。”

斯佩德嬉笑着说：“就是这么回事，我们——”

“那么，他头上和嘴上的伤呢？”邓迪轻蔑地问，“这些伤又是打哪儿来的？”

“问问他，”斯佩德建议道，“说不定是他自己刮胡子时弄破的呢。”

凯罗不等人问，就立即回答，说话时始终紧张地赔着笑脸，脸上的肌肉颤抖着：“我摔倒了。你们进来的时候我们正假装争夺手枪，可我摔倒了。我们假装搏斗的时候，我被地毯角绊了一下，就摔倒了。”

邓迪说：“信口雌黄！”

斯佩德说：“得了，邓迪，信不信由你。这就是事情的经过，我们都会一口咬定就是这么回事。报社的人不管信不信都会把这事登出来，因为这是一件很有趣的事情。遇到这样的事，你又能怎么办呢？跟警察开个玩笑并不足以构成犯罪，对吧？你们在这儿没有拿到任何人犯罪的证据。我们说的所有话都是玩笑话。你打算怎么处理这件事呢？”

邓迪转过身去，背对着斯佩德，抓住了凯罗的肩膀。“你休想蒙混过关！”他摇晃着黎凡特人，厉声喝道，“你为什么呼救？对此必须有个说法！”

“不，长官，”凯罗气急败坏地说，“那是在开玩笑。他说你们是他的朋友，会谅解他的。”

斯佩德哈哈大笑起来。

邓迪粗暴地拖着凯罗，扭过身去，一只手抓着凯罗的手腕，另一只手揪着他的后脖领子。“不管怎么说，就凭你私带枪械，我就可以先把你带走，”他说，“然后再来带你们俩走。看谁能笑到最后！”

凯罗惊恐地斜视着斯佩德的面孔。

斯佩德说：“别犯傻了，邓迪。这枪也是计划的一部分，它是我的。”他哈哈大笑起来，“可惜是32毫米口径的，不然你就会发现射杀迈尔斯和瑟斯比的凶器了。”

邓迪松开凯罗，一转身，挥起右臂，一拳打在斯佩德的下巴上。

布丽姬·奥肖内西发出一声短促的号叫。

斯佩德挨了一拳，脸上的肌肉颤抖了一下，但马上又恢复了原状，只是多了一种恍惚的神情。他退后了一小步，稳住身躯，厚实的溜肩膀在上衣下面扭动着。没等他出拳，汤姆·波尔豪斯便挤在了两个人中间，面对着斯佩德，用自己那啤酒桶般的大肚子和两只胳膊拦住了斯佩德的胳膊。

“别，别，看在上帝的分上，千万别！”汤姆央求道。

斯佩德紧张了好一阵子，肌肉才松弛下来。“那就让他赶快给我出去！”他愤怒地说道，脸色略显苍白。

汤姆仍然挨着斯佩德站着，一面用自己的胳膊挡着斯佩德的胳膊，一面扭过头去看邓迪副队长。汤姆用小眼睛责备地看着他。

邓迪攥紧拳头，挡在胸前，两脚叉开，稳稳地站着。他把眼睛眯成了一条缝，脸上的表情显得不那么凶狠了。

“记下他们的名字和地址！”他命令道。

汤姆看着凯罗。凯罗立即说：“乔尔·凯罗，住在观景殿旅馆。”

斯佩德没等汤姆开口盘问姑娘，就抢在前头说：“你随时可以通过我找到奥肖内西小姐。”

汤姆看着邓迪。邓迪咆哮道：“把她的地址记下来！”

斯佩德说：“就写侦探社的地址好了。”

邓迪上前一步，站在姑娘面前。“你住在哪儿？”他问。

斯佩德对汤姆说：“叫他给我出去！这一套我已经受够了！”

汤姆看着斯佩德的眼睛。斯佩德的眼神冷酷无情。汤姆嘟囔道：“别急啊，山姆！”他系好外衣的纽扣，转向邓迪，用一种装出来的满不在乎的口吻问道：“啊，这样行吗？”说着，他向门口迈了一步。

邓迪沉着脸，显然是在犹豫。

凯罗突然朝门口走去，边走边说：“我也要走了，斯佩德先生，麻烦你去给我拿帽子和大衣。”

斯佩德问道：“你忙什么呀？”

邓迪气愤地说：“虽然是闹着玩儿，但是你照样不敢留下来和他们在一起。”

“哪儿的话！”黎凡特人答道，一副心神不宁的样子，

“时候不早了，我——我得走了。不介意的话，我和你们一块儿走吧。”

邓迪紧闭双唇，什么话都没说。

斯佩德从门厅的壁橱里把凯罗的帽子和大衣拿了过来。斯佩德毫无表情地帮黎凡特人穿上大衣，退后一步，冷静地对汤姆说：“叫他把枪留下。”

邓迪从大衣口袋里掏出凯罗的手枪，放到了桌上。邓迪第一个走出去，凯罗紧跟在他身后。汤姆在斯佩德面前停顿了一下，嘟囔着：“我真希望你知道自己在做什么。”见斯佩德没作声，汤姆叹了口气，跟着前面的两个人出去了。斯佩德一直把他们送到了门厅的拐弯处，看着汤姆关上了公寓的门。

第九章　布丽姬

斯佩德回到起居室，坐在长沙发的一头，胳膊肘支在膝盖上，双手捧着脸，看着地板，却不看坐在扶手椅里朝他微笑的布丽姬·奥肖内西。他的眼神狂躁，眉心的皱纹更深了，鼻翼随着呼吸一张一合。

布丽姬·奥肖内西看出来他不想抬眼看她，就收起笑容，越来越不自在地瞅着他。

突然，他气得满脸通红，粗声粗气地用喉音说起话来。他双手捧着怒气冲冲的脸，盯着地板，一口气把邓迪足足痛骂了五分钟。他用粗声粗气的喉音，颠来倒去地把什么脏话都骂了出来。

然后，他把手放下来，望着姑娘，不好意思地咧嘴笑了笑说："很幼稚，对吧？我知道，不过，天哪，我最不喜欢'打不还手'。"他仔细地摸了摸自己的下巴，"倒不是说这一拳有多重，"他懒洋洋地靠在沙发上，跷起二郎腿，"付出这么点儿代价就赢了他，也算划得来。"他皱起眉头，愁眉苦脸，"这笔账迟早得算。"

姑娘又笑了笑，离开椅子，挨着他坐到了沙发上，说："你是我见过的最粗野的人。你一向都这么横吗？"

"我不是挨了一拳嘛！"

"人家可是警官！"

"倒不是因为这个，"斯佩德解释道，"他一时昏了头，打了我，有点儿自不量力。如果我跟他对打，那他就走不了了。他肯定要把事情搞个水落石出，看来咱们只好到局里去说那套瞎话了。"他若有所思地盯着姑娘问道："你把凯罗怎么了？"

"没怎么。"她脸红了，"我想吓唬吓唬他，让他别动，等警察走了再说，可这小子不知是因为受了惊吓，还是因为太固执，竟嚷了起来。"

"所以你就用枪砸他？"

"没办法，他朝我扑了过来。"

"你根本不知道自己在做什么。"斯佩德很难用微笑掩饰自己的烦恼，"我说过，你只会凭着猜测和运气乱搞一通。"

"对不起，山姆。"她说，脸上的表情和轻柔的声音里都带着懊悔。

"你的确应该道歉。"他从口袋里掏出烟丝和卷烟纸，开始卷烟，"你已经跟凯罗谈过了，现在可以跟我谈了吧！"

她用指尖按住嘴唇，眼睛睁得大大的，茫然地盯着房间的另一端。过了一会儿，她眯起眼睛，飞快地瞟了一眼斯佩德，发现他正在聚精会神地卷烟。“啊，是的，”她开口说，“当然了——”她用手把蓝裙子捋平，皱起眉头，望着自己的膝盖。

斯佩德舔了舔卷烟纸的边缘，把烟卷封好，然后一边掏打火机，一边问：“怎么?”

“可我还没——”她欲言又止，仔细斟酌着，“还没来得及跟他谈完。”她不再皱着眉头看膝盖了，而是用清澈、坦率的目光望着斯佩德，“我们刚开了个头，就被打断了。”

斯佩德点燃烟卷，哈哈大笑起来，顺势从口中喷出了烟雾。“要我打电话给他，叫他回来?”他说。

她摇了摇头，不再微笑了。摇头的时候，她的眼珠子来回转动着，目光始终没有离开斯佩德的眼睛。

斯佩德把一只胳膊搭在她的背上，用手搂住她白嫩、光滑的肩膀，让她倒进自己的臂弯。他说：“啊，我在听。”

她扭过头，微笑着嗔怪道：“你的胳膊也要‘听’吗?”

“不。”他的手松开她的肩膀，垂落在她的后背上。

“你这个人真让人摸不透。”她喃喃地说道。

他点了点头，和颜悦色地说：“我还在听。”

“你看，都什么时候了!”她指着放在《美国著名罪案录》上的闹钟叫道，闹钟的两根粗笨的指针指着两点五十分。

“哟嗬，今晚的事情可真够多的!”

“我得走了。”她从沙发上站起身来，“真是个可怕的夜晚!”

斯佩德没有站起来，摇了摇头说：“你没讲完就不能走。”

“看看时间吧，”她抗议道，“给你讲完得花好几个钟头！”

“那就只好花这几个钟头了。”

“你把我当成犯人了吗？”她快活地问。

“再说，外面还有个小子等着呢，说不定还没回家睡觉。”

她的快活劲儿一下子消失了：“你认为他还在外头吗？”

“八成还在。”

她哆嗦了一下：“你去看一下，行吗？”

“我可以下去看看。”

“啊，那就——你真的肯去吗？”

斯佩德打量着她那焦虑的面孔，打量了好一会儿才从沙发上站起身，说：“行啊！”他从壁橱里拿出帽子和大衣，“我出去十几分钟。”

“多加小心。”她一面跟着他走到公寓门口，一面叮嘱道。

他说：“我会的。”说完便走了出去。

波斯特街空荡荡的。他往东走了一个街区，穿过马路，又往西走了两个街区，然后穿过马路，回到了自己的公寓楼跟前。一路上，他只看见修车行的两个技工在修一辆汽车，此外什么人也没看见。

他打开公寓的房门时，布丽姬·奥肖内西就站在门厅的拐弯处，手里握着凯罗的那把手枪，枪口朝下，贴在身体的一侧。

“他还在那儿。”斯佩德说。

她咬着嘴唇，缓缓地转过身，回到了起居室。斯佩德跟着她进去，把帽子和大衣放在椅子上，说：“这下咱们可有时间聊了。”说完，他走进了厨房。

他刚把咖啡壶放到炉子上，她就来到了门口。他把一个细长的法式面包切成片。她站在门口，出神地望着他，左手的手指百无聊赖地在右手仍然握着的手枪上摸来摸去。

“台布在那里面。”他一边说，一边用面包刀指了指碗柜。碗柜隔出了一块吃早餐的地方。

她铺上台布，斯佩德往面包片上抹了一层猪肝酱，然后把咸牛肉夹在面包片中间。接着，他倒了两杯咖啡，又拿出一个矮瓶子，往咖啡里兑了点儿白兰地。他们俩并排坐在桌边的长椅上。她把手枪贴身放在长椅的一端。

“现在可以开始了，你边吃边说。”他说。

她对他做了个鬼脸，埋怨道：“你是最锲而不舍的人。”说着，咬了一口三明治。

“没错，而且疯狂，难以预测。那只鹰是怎么回事？为什么大家都那么热衷于找到它？”

她把口中嚼着的夹肉面包咽下去，聚精会神地看着那块被咬成月牙形的三明治，问道：“如果我什么都不想告诉你，你会怎么办？”

“是指那只鹰吗？”

“我是说整个事件。”

“我不会惊讶得连下一步该怎么办都不知道的。”他对她咧嘴一笑，笑得后槽牙都露了出来。

“下一步你想怎么办？”她的注意力从三明治转移到了他

的脸上，“这正是我想知道的：你下一步想怎么办？”

斯佩德摇了摇头。

她脸上浮现出一丝嘲弄的微笑：“某种疯狂而难以预测的手段吗？”

“也许吧。不过我看不出你现在还有所隐瞒，事情的经过已经渐渐清楚了。有很多事我的确不知道，不过我也知道了一些，有些事情是可以猜出来的。再给我一天时间，我很快就会知道连你都不知道的事情。”

“我想你现在就已经知道了，”她看着三明治，面部表情严肃认真，“不过，哦，我对这件事已经烦透了，真不愿意再谈起它。难道就不能……像你说的那样……你自己把它弄清楚？”

斯佩德哈哈大笑，然后说：“我不知道。为了你自己，你必须把它想明白。我了解一件事情的方式就是破坏它，疯狂地往机器里扔进一把扳手，后果难以预测。如果你敢肯定飞出来的碎片不会伤着你，那就好。”

她不安地动弹了一下赤裸的肩膀，什么都没说。过了好一会儿，他们俩一直在默默地吃着东西。他表情冷漠，她若有所思。后来，她悄声说：“我怕你，这就是事实。”

他说：“这不是事实。”

“是。”她仍然用那低低的声音坚持道，“我只怕两个人，这两个人今晚我都见到了。”

“我知道你为什么怕凯罗，”斯佩德说，“因为你拿他没办法。”

“我不是也拿你没办法吗？”

“我跟他不一样。”他说着，咧嘴笑了笑。

她脸红了，拿起一片抹着灰色猪肝酱的面包，放在面前的盘子上。她皱起眉头说：“不瞒你说，那东西是尊黑色的雕塑，光洁度很高，雕的是一只鹰，更确切地说是一尊猎鹰的雕像，大概这么高。”她举起双手，比画了一下，大概有三十多厘米的距离。

“这东西为什么如此重要?”

她喝了一口加白兰地的咖啡，摇了摇头。“我不知道，”她说，“他们从没告诉过我。我如果能帮他们把东西弄到手，他们就给我五百英镑。后来，我们离开了乔尔之后，弗洛伊德说愿意给我七百五十英镑。”

“看来这东西价值不菲，一定不止七千五百美元!”

“啊，比那多得多，”她说，“他们并没有要跟我平分的意思，只是雇我帮他们而已。”

“怎么个帮法?”

她又把杯子端到了嘴边。斯佩德盛气凌人地用灰黄色的眼睛注视着她的脸。接着，他开始卷烟。在他们俩背后，炉子上的咖啡壶发出了响声。

“帮他们把东西从收藏者的手里弄出来。”她放下杯子，慢吞吞地说，“那人叫凯米多夫，是个俄国人。”

“怎么弄出来?”

“啊，这一点并不重要，”她不肯说，“对你不会有帮助。”说着，她竟傲慢地微笑起来，“这事不归你管。”

“是在君士坦丁堡吧!”

她犹豫了一下，点了点头，说：“马尔莫拉。”

他朝她挥了挥拿着烟卷儿的手，说：“说下去!”

“就这么多，我全都告诉你了。他们答应给我五百英镑，叫我帮他们，结果我帮他们弄到了。后来我们发现，乔尔·凯罗想撇掉我们，把猎鹰的雕像带走，什么都不给我们。于是我们后发制人，以其人之道还治其人之身。不过后来我并没有比原先富裕多少，因为弗洛伊德根本就没打算把答应给我的钱付给我。他说要带我去纽约，他要在那儿把东西卖掉，分给我一部分钱，可我看得出，他没有对我说实话。”她越说越生气，怒目圆睁。

“所以我才来找你，请你帮我查出猎鹰雕像的下落。”

“你把它弄到手之后会怎么办呢？”

“那么我就有资格与弗洛伊德·瑟斯比谈条件了。”

斯佩德眯缝着眼睛看着她说道：“他指望卖掉它，以获得更大一笔钱，对吧？可你并不知道如何利用它获取更多的钱，”

“对。”她说。

斯佩德皱起了眉头，注视着自己弹到烟灰缸里的烟灰。“它为什么值那么多钱？”他问，“你一定知道些原因，至少能猜到一些。”

“我一点儿都不知道。”

他皱着眉头转向她，问道：“它是用什么做的？”

“大概是用瓷或黑色的石头做的，我从没碰过它。我只见过它一次，就几分钟。我们刚把它弄到手的时候，弗洛伊德让我看了看。”

斯佩德把烟捻灭，将杯子里加了白兰地的咖啡一饮而尽，皱着的眉头舒展开来。他用餐巾擦了擦嘴，然后把餐巾团起来扔到桌上，漫不经心地说：“你在撒谎。”

她站起身，羞愧地看着他，脸涨得通红。“我在撒谎，”

她说，“我总是在撒谎。”

“别张嘴就来，那是小孩子的把戏。”他轻松地说着，从餐桌与长椅之间走了过去，“这个故事里到底有没有真实的元素呢?”

她垂下头，泪水在乌黑的睫毛上闪烁。“有那么一点儿。”她轻声说。

“有多少?”

“不算太多。”

斯佩德用一只手托住她的下巴，端起她的头，嘲笑地望着她那充满泪水的眼睛说：“还有整整一个晚上哪！我再煮些咖啡，加点儿白兰地，咱们再试试。”

她的眼皮垂了下来。“啊，我烦透了，”她声音颤抖地说，“烦这一切，烦我自己，烦撒谎，烦不知道什么是谎话、什么是真话。我希望自己——”

她双手捧着斯佩德的面颊，把自己张开的嘴紧贴在他的唇上，让自己的身体紧贴着他的身体。

斯佩德把她搂到了自己怀里。他用肌肉隆起的胳膊勾住她的头，一只手插进她红色的头发里，另一只手在她纤细的腰身上摸索。

第十章
观景殿旅馆的长沙发

斯佩德起身的时候，夜色已经化为淡淡的一层烟雾，天开始亮了。他身旁的布丽姬·奥肖内西呼吸柔和而均匀，正在熟睡之中。斯佩德悄悄下床，走出卧室，把门关上。他在卫生间里梳洗完毕，把姑娘的衣服检查了一遍，从她的大衣口袋里掏出一枚扁平的铜钥匙，随即出了门。

他来到皇冠公寓，径自进了大楼，用钥匙打开了她公寓的房间。在外人眼里，他是堂堂正正地进去的，看不出一点儿鬼鬼祟祟的迹象。他尽量不弄出声响，以免被别人发觉。

在姑娘的房间里，他打开了所有的灯，里里外外搜查了一遍。他的粗手指头不慌不忙地移动着，既不拖拖拉拉，也不胡乱摸索，更不回头重来。他一点儿一点儿地搜索着，有着专家般的自信。每一个抽屉、碗柜、小壁橱、盒子、提包、箱子，不论锁上的还是没锁上的，他都逐个打开，把里面装的东西检查了一遍。他把每件衣服鼓起的可疑之处都用手摸索了一遍，甚至用手把每张纸片都搓了搓，用耳朵谛听那簌簌的声音。他把床上的被褥全都拿掉，把地毯翻起来查看，连家具底下都不放过。他把百叶窗全都放了下来，看看有没有东西夹在里面，然后把身子探到窗外，看看有没有东西挂在外面。他用叉子把梳妆台上的香粉、雪花膏瓶子全部戳了个遍，把喷雾器和各种瓶子对着灯光照了个遍，还检查了所有的锅碗瓢盆和食品。他把报纸铺在地上，将垃圾桶里的东西全部倒在上面。然后，他打开卫生间里的马桶水箱顶盖，把水放干，朝水箱底部窥视了一番，并检查了浴缸、洗脸盆、洗碗槽、洗衣池的排水管上的金属筛网。

他没找到猎鹰的雕像，甚至没有发现与猎鹰的雕像有关的任何东西，只找到了一张布丽姬·奥肖内西一星期前支付房屋月租金的收据。唯一使他感兴趣的是一堆相当精美的首饰，装在一只彩绘的盒子里，被锁在梳妆台的抽屉里。他因为查看这些首饰而耽搁了一点儿搜查的时间。

搜完之后，他煮了杯咖啡喝。然后，他用小刀在厨房的窗户边上划了几下，把窗户打开，下面是消防梯。于是，他从起居室的长靠背椅上拿了衣帽，像来时那样大摇大摆地走了出去。

他在一个铺子前面停了一下。掌柜的是个“肿眼泡”，身体虚胖。他买了橘子、鸡蛋、面包卷、黄油和奶油。

斯佩德悄悄地走进自己的公寓，还没关上门，就听见布丽姬·奥肖内西在嚷嚷："谁呀?"

"鄙人斯佩德，早餐伺候!"

"哦，你把我吓坏了!"

本来被他关好的卧室门现在开着。姑娘坐在床边，浑身发抖，右手放在枕头下面。

斯佩德先把大包小包的东西放在厨房的桌上，然后来到卧室。他在床边挨着姑娘坐下，亲吻着她光溜溜的肩膀。然后，他说："我想去看看那小子是不是还在外头守着，顺便买了点儿东西当早饭。"

"他还在那儿吗?"

"不在了。"

她松了口气，依偎着他。"我醒来一看，你不在，后来又听见有人进来，把我吓坏了。"

斯佩德用手指把她脸上的红色头发捋到后面，说："对不起，宝贝儿，我以为你要睡到自然醒呢。你整宿都把枪放在枕头底下吗?"

"没有。刚才我被吓坏了，才跳起来拿枪的。"

她梳洗打扮的时候，他去做早饭，顺便将那枚铜钥匙塞回她的大衣口袋里。

她从卫生间出来的时候，用口哨吹着《古巴之歌》。"要我铺床吗?"她问。

"那是再好不过的了。鸡蛋还要再过几分钟才熟呢!"

她到厨房来时，早餐已经摆放在桌上了。他们俩坐在昨晚坐过的地方，痛快地大吃起来。

"现在说说那尊猎鹰雕像的事吧!"斯佩德边吃边愉快地建议道。

她放下叉子，看着他，皱起眉头，嘴巴抿得又紧又小。“你不应该让我说这个，尤其是在今天早晨。”她抗议道，“我不想说，也不会说。”

“你这个固执的小妖精！”他伤心地说着，把一块面包塞进嘴里。

斯佩德和布丽姬·奥肖内西一起穿过了人行道。他们走到等在那儿的出租车旁边时，没有看到那个跟踪斯佩德的小伙子。出租车后面没有“尾巴”，抵达皇冠公寓时，周围没有发现任何可疑的人。

布丽姬·奥肖内西不愿意让斯佩德跟她一起进去：“穿着晚装，没人陪伴，这个钟点才回来，真够糟糕的！千万别碰见什么人。”

“今晚一起吃晚饭吧！”

“好啊！”

他们俩互相亲吻了一下。她走进了皇冠公寓。斯佩德吩咐司机：“观景殿旅馆！”

他到达观景殿旅馆时，前一天跟踪他的那个小伙子正坐在大堂里的长沙发上假装看报纸。从他坐的地方可以看见电梯。

斯佩德从前台的服务员那里打听到，凯罗不在房间里。他皱起眉头，捏了捏自己的下唇，灰黄色的眼睛放着光。“谢谢。”他轻声对服务员说，然后转身走开了。

他走过大堂，走到长沙发处，在那个貌似一心看报纸的小伙子旁边坐了下来——两个人相距不到一尺。

小伙子头也不抬，只顾着看报。近距离地看，他显然不足二十岁。他小鼻子、小眼睛、小嘴巴，身材矮小，长着络腮胡子的脸涨得通红。他的衣服半新不旧，面料很普通，但他具有硬汉的气质，穿着这身衣服显得很利落。

斯佩德漫不经心地问："他在哪儿?"边问边把烟丝倒在一张卷成弧形的棕色纸上。

小伙子放下报纸，看了看周围，故意放慢了动作。他那对浅褐色的小眼睛透过卷曲的长睫毛望着斯佩德的胸口。他说话时十分镇定："什么?"

"他在哪儿?"斯佩德边忙着卷烟边说道。

"谁?"

"老神仙呀!"

他用那双浅褐色的眼睛看着斯佩德，目光从他的胸口移到了他栗色的领带上。"你认为自己在干什么，爷们儿?"小伙子问道，"要我?"

"要你的时候我自会告诉你。"斯佩德舔湿了烟卷，朝小伙子亲切地微笑着，"纽约来的吧?"

小伙子盯着斯佩德的领带，没说话。斯佩德点了点头，权当小伙子说了"是的"。他问道："躲《鲍姆斯法》① 吧?"

小伙子盯了一会儿斯佩德的领带之后，拿起报纸，继续看报。"滚!"他不屑地说。

斯佩德点燃纸烟，舒适地靠在长沙发上，和气而漫不经心地说："你们得跟我谈谈，不然就没戏了。你不妨告诉古

---

① 一九二六年美国纽约州的刑法，规定对重复犯罪者要逐次重判，并且对第四次被判重罪的犯人施行终身监禁。此法使许多犯罪者逃往其他州，以免被重判。

特曼，就说这是我说的。”

小伙子迅速放下报纸，继续用浅褐色的眼睛盯着斯佩德的领带。小伙子那双小手在自己的肚子上伸展开来。“没事瞎找事，自有倒霉事！”他的声音低沉而有力，充满了威胁，“滚开！滚！”

斯佩德一直等到一个戴眼镜的矮胖男人和一个长腿的金发姑娘走出去为止。然后，他咯咯地笑着说：“在你们纽约的第七大道这么说说还行。你现在可不是在罗马村，而是在我的地盘！”他吸了一口烟，吐出一缕白色的烟雾，“好吧，他在哪儿？”

小伙子说出了两个字：第一个字是用喉音发出的，相当短促，是个动词；第二个字是“你”。

“没牙的老太太才这么说话呢！”斯佩德的声音依旧和蔼可亲，可他的脸色却阴沉了下来，“你要是还想在这儿混，就礼貌点儿！”

小伙子重复了一遍那两个字。

斯佩德把烟蒂扔进长沙发旁边的一个石头罐子，举起一只手，朝一个站在香烟摊边上的人打招呼。此人已经在那儿站了好一会儿了，冲他们点了点头，走了过来。那是个中等身材的中年人，灰黄色的圆脸，身体结实，穿着整洁的黑衣服。

“你好，山姆！”他边走边说。

“你好，卢克！”

他们俩互相握了握手。卢克说：“唉，迈尔斯太可惜了！”

“嗯，运气不佳！”斯佩德朝旁边沙发上的小伙子歪了歪头，“你们怎么能允许这种‘小玩儿闹’在你们的大堂里鬼混，身上还揣着家伙？”

“是吗？”卢克用棕色的眼睛机敏地打量着小伙子，突然一板脸，“你在这儿干什么？”

小伙子站起身，斯佩德也站了起来。小伙子看了看这两条大汉，分别观察了一下他们的领带。卢克的领带是黑色的。小伙子像个小学生似的站在他们面前。

卢克说：“得啦，如果你没什么事，就滚开！”

小伙子说：“我记住你们两个了！”说罢，向外走去。

斯佩德摘下帽子，用手绢把汗湿的前额擦了擦。

旅馆的大堂经理问：“怎么回事？”

“我怎么知道！”斯佩德答道，“我是碰巧发现他的。关于六三五号房的乔尔·凯罗，你都知道些什么？”

“哦，那家伙呀！”旅馆的大堂经理不怀好意地说。

“他来几天了？”

“四天。今天是第五天。”

“他那儿有什么情况吗？”

“我怎么知道！不过他那副模样让人看了实在有些肉麻。”

“打听一下，他昨晚回来过吗？”

“我去问问。”旅馆的大堂经理答应着走开了。斯佩德坐在长沙发上，一直等到他回来。“没有，”卢克报告说，“他没在自己的房间里过夜。究竟是怎么回事？”

“没什么。”

“实话实说吧！你知道我会守口如瓶的。如果有什么不对头，我们应该知道，免得麻烦。”

“不是那种事。”斯佩德劝他放心，“其实我正在为他办事。如果他有问题，我会告诉你的。”

“最好是这样。要我对他留点儿神吗?”

“谢谢，卢克，那当然好了。这年头，对雇你做事的人了解得越多越好。”

电梯上方的时钟指着十一点二十一分时，乔尔·凯罗从街上走了进来。他脑袋上缠着绷带，一身衣服因为穿得太久而皱皱巴巴。他脸色苍白，眼角和嘴角都往下耷拉。

斯佩德在服务台前碰见了他。“早上好!”斯佩德轻松地说。

凯罗挺起疲惫的身躯，绷着脸。“早上好!”他冷冷地回答。

一阵沉默。

斯佩德说：“咱们找个地方聊聊吧!”

凯罗扬起了下巴。“对不起，”他说，“我现在并不急于继续你我之间的私人谈话。请你原谅我的直率，我说的都是实话。”

“你是指昨天晚上吧!”斯佩德用手和头做了个不耐烦的动作，“我还能怎么做？我当时认为你是知道的。不管是你挑衅还是她挑衅，我都得帮她。我根本不知道那尊猎鹰的雕像在什么地方，你也不知道。可是她知道啊！不同她合作就不可能把东西弄到手!”

凯罗犹豫着，半信半疑地说：“你总是用那套现成的漂亮话来作解释。”

斯佩德绷着脸。“你要我怎么办？装结巴吗？好啦，咱们可以到那边去聊聊。”他带头朝长沙发走去。他们俩就座之后，他问：“邓迪把你带到局里去了？”

“是的。”

“他们问了你多长时间？”

“刚刚结束，简直是违背我的意愿！”凯罗脸上的表情和发出的声音都带着痛苦与愤怒，“我一定要把此事汇报给希腊总领事，还要请个律师。”

“你去吧，看看有什么动静。你被警察问出什么了吗？”

凯罗志得意满地笑了笑。“什么也没有。我反复强调你在家里对我说的那套话。”他的笑容消失了，“不过，我当时真希望你能把故事编得更好些。我颠来倒去地讲那套话，感觉可笑极了。”

斯佩德嘲讽地咧嘴一笑。“是啊！”他说，“正因为愚蠢，才恰到好处。你真的什么都没告诉他们吗？”

“你放心好了，斯佩德先生，我什么都没说。”

斯佩德用手指头在他们两个人之间的座位上轻轻地敲打着。“邓迪有可能还会来找你。继续装聋作哑，保你没事！别管那套话愚蠢不愚蠢。如果真的对他们讲合乎情理的故事，咱们大家就都得去坐牢。”他站起身，“被警察审了一夜，想睡觉了吧？回头见！”

埃菲·佩林对着电话说：“没有，还没来呢！”这时，斯佩德走进了侦探社的外间办公室。她朝他挤眉弄眼，向他示意这是爱娃打来的电话。他摇了摇头。“好吧，他一来我就叫他打电话给你。”她大声说完，挂上了听筒。“这是她今天上午打来的第三个电话。”她告诉斯佩德。

他不耐烦地大吼了一声。

姑娘用棕色的眼睛朝里间办公室看了看。“你那位奥肖内西小姐在里头。她九点刚过就来了，一直等着呢!”

斯佩德点了点头，好像早有预料。他问道：“还有什么?”

“波尔豪斯探长来过电话，但没有透露任何消息。”

“替我给他拨个电话!”

“还有古某人来过电话。”

斯佩德眼前一亮，问道：“谁?”

“古——他就是这么说的。”她显然对这个话题不感兴趣，这一点毋庸置疑，“我跟他说你不在，他说：‘他来了以后，请你告诉他，古某人收到他的口信了，以后还会来电话的。’”

斯佩德抿着嘴，就像在品尝某种美味佳肴。“谢谢，亲爱的，”他说，“看看能不能打通汤姆·波尔豪斯的电话吧!”他推开里间屋的屋门，走进自己的办公室，把门关上。

布丽姬·奥肖内西穿着上次到这个办公室来时所穿的那身衣服，从他的办公桌旁快步朝他走来。“有人到我的公寓里去过，”她大声叫道，“弄得乱七八糟。”

他好像有点儿惊讶：“少了什么东西没有?”

“我说不上来。我不敢在那儿久留，赶紧换了衣服，就到这儿来了。哦，你到我那儿去的时候，一定被那小子给盯上了。”

斯佩德摇了摇头。“没有，宝贝儿。”他从口袋里掏出一份报纸，打开来，让她看一条标题为《尖叫声吓退盗贼》的新闻：一个名叫卡罗琳·比尔的年轻女子，孤身一人住在萨特街的公寓里。今日凌晨四点钟，她听见有人在她的卧室里走动，便尖声喊叫起来。不速之客逃之夭夭。在这栋公寓里还住着两个单身女人，早上稍晚些时候也发现有盗贼光顾过她们寓所的迹象。这三个女人的家里都没有丢失任何东西。

“我就是在那儿把他甩掉的。”斯佩德解释道，“我走进萨特街的这栋公寓楼，从后门钻了出去。这就是被‘盗贼’光顾的三家住的全是单身女人的原因。他在公寓来访登记簿中查找女住户的名字，寻找化名入住的你……”

“可是我们在你家的时候，他不是在监视你的住所吗?”她反问道。

斯佩德耸了耸肩。“没理由认为他一个人单干。也许是他想到你会整宿待在我家里，所以就去了萨特街。不过，我可没领他到皇冠公寓去。”

她还是不满意。“可他还是找到了我的住处……也有可能是别人找到的。”

“你说的没错。”他皱着眉头看着她的脚，“我想，有可能是凯罗。他一宿没回旅馆，几分钟前才回去。他告诉我说，他整宿都在警察局里受审。我感觉有点儿奇怪。”他转过身，打开门，问埃菲·佩林：“给汤姆打通电话了吗?”

“他没在。过一会儿我再试试。”

“谢谢。”斯佩德关上门，转向布丽姬·奥肖内西。

她忧郁地望着他。“你今天上午去找乔了?”她问。

“是的。”

她犹豫了一下，说：“为什么?”

“为什么?”他对她微微一笑，“我的宝贝儿，假如我要把这件乱糟糟的事情理出个头绪，就必须跟这些家伙保持某种程度的接触。”他用一只胳膊搂着她的肩膀，把她领到转椅前，轻轻地吻了一下她的鼻尖，让她在转椅上坐下。他坐在她面前的办公桌上，说道：“现在得为你找个新家了，对吧？”

她使劲儿点了点头，说：“我再也不回那儿去了。”

他一拍桌子，做了个鬼脸儿。“有了，”他快活地说，“稍等片刻。”他走到外间办公室，随手把门带上了。

埃菲·佩林一面伸手去拿电话听筒，一面说：“我再试试。”

“这个回头再说。凭女人的直觉，你认为她是个好女人吗？”

她警觉地抬起头来看着他。“我仍然相信，不论惹出多大乱子，她都是对的。你想问的是这个吗？”

“对，我想问的就是这个。”他说，“那么，你能帮帮她吗？”

“怎么帮？”

“你能让她在你那儿住几天吗？”

“你是说让她住在我家里？”

“是的。有人闯进了她住的地方。一个星期之内，她遭到了两次这样的袭击。如果她不是一个人住的话，也许会好一些。倘若你肯收留她几天，就帮了她大忙了。”

埃菲·佩林探身向前，热情地问：“她真有危险吗，山姆？”

“我想是的。”

她用指甲搔了搔嘴唇。“那样做会把我的老妈吓死的。我只好跟老妈说，她是个出人意料的证人，你准备把她隐藏到最后一分钟。”

“你真是个天使!”斯佩德说，“最好现在就带她去。我去问她要钥匙，把日常用品从她的公寓里拿出来。让我想想!你们俩别让其他人看到你们一起从这儿走出去。你现在就回家去！叫辆出租车，确认一下没人跟踪你。大概不至于有人跟踪，不过小心没大错。过一会儿我送她出去，乘另一辆出租车。”

第十一章 胖子

斯佩德把布丽姬·奥肖内西送到埃菲·佩林家之后，回到了办公室。电话铃响了起来，他走到了电话机跟前。

“喂……是啊，我是斯佩德……是的，我知道。我一直在等你的电话……谁？……古特曼先生？哦，是啊，当然可以……现在！越早越好……十二层C室……好的。那就十五分钟以后吧……行。”

斯佩德坐在办公桌的一角，紧挨着电话机，开始卷烟。他自鸣得意，嘴巴形成了一个“倒八字”，线条很生硬。他的下眼皮向上紧绷，两只眼睛虽然注视着正在卷的纸烟，却隐隐露出一股杀气。

门开了，爱娃·阿彻走了进来。

斯佩德说："你好，宝贝儿。"声音和脸色都突然变得轻松、和蔼起来。

"哦，山姆，原谅我，原谅我吧！"她哽咽着说。她站在一进门的地方，那双戴着手套的小手一个劲儿地揉着一块黑边手绢。她的眼睛又红又肿，惊恐地盯着他的脸。

斯佩德并没有从办公桌的角上站起身。他说："这是从何说起呀！咱们不说这个了！"

"可是，山姆，"她哽咽着说，"昨天晚上是我叫警察到你家去的。我气疯了，妒忌得要死，所以打电话给他们说，如果他们去你家，就能了解到一些有关迈尔斯被杀的情况。"

"你怎么会这么想？"

"哦，我没这么想！可是，山姆，当时我气昏了头，只想伤害你！"

"这会把事情弄得更糟。"他伸出胳膊搂着她，把她拉到身边，"不过现在没事了，下回可别再有这种念头了。"

"不会了，"她保证道，"再也不会了。可是，你昨晚对我冷冰冰的，总是心不在焉，总想支开我。当时我可是特地跑到你那儿去的，等了那么长时间，想提醒你一下，可你却……"

"提醒我什么？"

"是菲尔，他发现了你和我的事。迈尔斯告诉过他我想离婚的事，不过他不知道我为什么要离婚。现在菲尔认为咱们……认为你杀死了他哥哥，因为他哥哥不同意和我离婚。他告诉我，他坚信这一点，昨天去报了警。"

"很好！"斯佩德柔声说，"你来提醒我，见我正在忙，就发起火来，帮助那个可恶的菲尔·阿彻无理取闹。"

“对不起，”她泪眼汪汪地说，“我就知道你不会原谅我。我——我非常非常难过。”

“你应该难过，”他赞同道，“为了你，也为了我。菲尔报警之后，邓迪找过你吗？警察局的其他人找过你吗？”

“没有。”由于惊恐，她睁大了眼睛，张大了嘴巴。

“他们会来找你的，”他说，“最好别让他们发现你来过我这儿。昨天晚上你给警察打电话的时候，告诉他们你是谁了吗？”

“哦，没有！我只是告诉他们，如果他们去你家，就能了解到一些有关迈尔斯被杀的情况，说完就挂断了电话。”

“你是在哪儿打的电话？”

“在你家附近的一个药铺。哦，山姆，我最亲爱的，我——”

他拍了拍她的肩膀，愉快地说：“这是个愚蠢的恶作剧。没关系，反正现在木已成舟，你最好赶紧回家去，好好想想怎么回答警察的问题。他们会讯问你的，要充分利用保持沉默的权利。”他皱起眉头，望着远处，“也许你应该去找希德·怀斯。”他收回搂着她的胳膊，从兜里掏出一张名片，在名片背面画了三条线，递给她，“什么事情都可以对希德讲。准确地说，绝大多数事情都可以对他讲。迈尔斯被枪杀的那天晚上，你在哪儿？”

“在家。”她毫不犹豫地回答道。

他摇了摇头，朝她咧嘴一笑。

“确实在家。”她不肯改口。

“不对！”他说，“不过，如果你非要这么说的话，我也没什么好说的。去见见希德吧！就在下一个路口，一座粉红色的楼房，八二七号房间。”

她用那双蓝眼睛盯着他的灰黄色眼睛，想从他的眼睛里看出些什么。“你为什么认为我那天晚上没在家?”她慢条斯理地问。

“不为什么，我就知道你没在家。”

“可我明明在家!”她的嘴唇有些扭曲，“一定是埃菲·佩林告诉你的!”她愤愤地说，“她打量我的穿着，还东张西望。你知道她讨厌我，山姆！你明明知道她爱捣乱，为什么还要相信她的话?”

“天哪，你们这些女人啊!”斯佩德无奈地说着，看了看手表，“你得赶紧走了，宝贝儿，我有个约会要迟到了。你想怎么样就怎么样吧，不过如果我是你的话，要么就什么都不说，要么就对希德说实话。我的意思是，不想告诉他的事，可以不说，但千万别编出假话来骗他。”

“我没说谎，山姆。”她抗议道。

“没说谎才怪呢!”说着，他站起身来。

她踮着脚尖，把脸凑到他面前，耳语道： “你不相信我?”

“我不相信你?”

“你不肯原谅我——我干的那些事?”

“我当然原谅你。”他低下头，吻她的唇，“没什么，快走吧!”

她伸出胳膊搂住他，说：“你能陪我去见怀斯先生吗?”

“我不能去，去了只会碍事。”他拍了拍她的胳膊，然后把她的胳膊从自己身上拿下来，吻了吻她露在袖口和手套间的左腕。他双手搭在她的肩上，把她转过去面对着门，轻轻地推了她一把。“去吧!”他命令道。

亚历山德里亚旅馆十二层C套房的桃花心木门打开了，开门的正是与斯佩德在观景殿旅馆大堂说过话的那个小伙子。斯佩德和颜悦色地说了声：“你好!”小伙子一声没吭，站在一旁扶着打开的房门。

斯佩德走进去，一个胖子出来迎他。

这个胖子皮肉松弛，面颊、嘴唇、下巴和脖子全都肉乎乎的。他挺着大肚子，胳膊和腿向下耷拉着。他迎接斯佩德的时候，每走一步，浑身的肥肉都在颤抖。他的眼睛被周围膨胀的肥肉挤得小小的，眼珠乌黑闪亮。卷成一个个小卷的黑头发薄薄地覆盖在他大大的脑壳上。他上身穿着黑色燕尾服、黑背心，系一条黑缎子领带，领带上别了个粉红色的珍珠别针；下身是灰条毛料裤子、漆皮鞋。

他志得意满地愉快地哼哼着。“啊，斯佩德先生!”他热情地说着，伸出了一只手。

斯佩德拉住他的手，笑着说：“你好啊，古特曼先生!”

胖子一只手拉着斯佩德的手，另一只手托着斯佩德的胳膊肘，领他走过一条绿色地毯，来到一把绿色长毛绒椅子跟前。旁边是一张桌子，桌上的托盘里放着一个装有苏打水的瓶子、几个杯子和一瓶威士忌酒。桌上还有一盒“花冠”牌雪茄、两份报纸，以及一小盒普普通通的黄色皂石。

斯佩德在绿色椅子上坐了下来。胖子动手斟了两杯加苏打水的威士忌酒。小伙子已经不见了。房间里的三个门都关闭着，斯佩德站在窗边俯瞰着吉利街。

“咱们的开场不错，先生，”胖子愉快地说着，把一杯酒递给斯佩德，“我最信不过那种人——别人给他斟酒时，他说‘够了’。如果一个人小心谨慎，生怕喝多了，就不会被别人信任。”

斯佩德接过杯子，微笑着，稍稍欠了欠身子。

胖子把酒杯举到了窗口的亮处。他看着杯子里冒起的气泡，满意地点了点头说：“好吧，先生，祝你我开诚布公，彻底相互谅解。”

他们俩喝完了酒，放下了杯子。

胖子得意地望着斯佩德，问：“你是个嘴巴很紧的人吗?”

斯佩德摇了摇头说：“不，我很喜欢说话。”

“那就好!”胖子喊道，“我最信不过嘴巴紧的人，因为这种人老是在不该开口的时候开口，净说些不该说的话。除非不断练习，否则就别想把话说得有分寸。”他笑眯眯地端着杯子，“咱们会配合默契的，先生!”他把杯子放到桌上，举起那盒“花冠”牌雪茄，“来根雪茄吧，先生!”

斯佩德拿了根雪茄，点上了火。这时，胖子又拖过来一把绿色长毛绒椅子，放在斯佩德对面，在两把椅子中间的桌上放了个烟灰缸。他从桌上拿起酒杯，从烟盒里拿了根雪茄，然后坐了下来。他那身肥肉停止了颤动，松弛了下来。他松了口气，说：“先生，你如果愿意，咱们就来谈谈。”

“好极了，咱们谈谈那尊猎鹰的雕像吧!”

胖子哈哈大笑起来，浑身的肥肉颤动个不停。“谈吗?谈!”他自问自答，面颊红得发亮。“你真合我的胃口，先生。你和我一样，喜欢单刀直入，不喜欢旁敲侧击。我喜欢这样，先生，我喜欢这种做生意的方式。咱们一定要谈谈那尊猎鹰的雕像。不过，先生，请先回答我一个问题。尽管这个问题不十分重要，但它可以使我们从一开始就能相互谅解。你是代表奥肖内西小姐来这儿的吗？”

斯佩德吐出长长的一缕烟，烟雾缭绕在胖子的头顶上方。他皱着眉头，看着雪茄的烟头，若有所思。紧接着，他不慌不忙地说：“是也罢，不是也罢，”他抬起头来看着胖子，“要依情况而定。”

“依什么情况？”

斯佩德摇了摇头：“我也不知道。如果知道，我就不会不置可否了。”

胖子喝了一大口酒，然后建议道：“也许是依乔尔·凯罗的态度而定吧！”

斯佩德模棱两可地说了声“也许吧”，然后喝起酒来。

胖子探身向前，直到他的大肚皮使他无法再往前探，他才停止。他的笑容和愉快的声音都带着讨好的意味。“话虽这么说，可是你究竟代表哪一方呢？”

“随你怎么理解。”

“不是代表这个人，就是代表那个人！”

“我可没这么说过。”

胖子的眼睛放着光。他压低嗓音，沙哑地悄声问道：“莫非另有其人？”

斯佩德用雪茄指了指自己的胸脯说：“还有我。”

胖子跌坐回椅子里，全身松弛下来。他满意地吐了一口气。“妙极了，先生！”他愉快地说，“我就喜欢这样的人，能够开诚布公地说是在为自己打算。人人为己嘛！我信不过那些花言巧语的人，因为他们就像蠢驴一样，是违背人类的天性的。”

斯佩德喷着烟，一副彬彬有礼的专注模样。他说：“咱们来谈谈那尊猎鹰的雕像吧！”

胖子仁慈地微笑着说：“谈吧。”他把眼睛眯成了一条缝儿，“斯佩德先生，这尊猎鹰的雕像值多少钱，你心里有数吗？”

“没有。”

胖子探身向前，把一只粉红色的肥手放在斯佩德坐的椅子的扶手上。“好吧，先生，如果我说出来——老天在上，我只要把一半儿的钱数说出来——你就会大吃一惊。”

斯佩德微微一笑。“不会的，”他说，“我连想都没想过。如果你不愿意冒风险，那么你只需告诉我它是什么东西，我就能估计出钱数来。”

胖子哈哈大笑起来。“你估计不出来，先生。没人估计得出来，除了在这方面有丰富经验的人。再说，”他令人印象深刻地停顿了一下，“这东西举世无双。”他再次大笑的时候，浑身的肥肉颤动起来。突然，笑声戛然而止。那肉乎乎的嘴唇还张着，笑声却听不见了。他目不转睛地盯着斯佩德，就像个近视眼。“你是说，你不知道它是什么？”他十分惊讶，嗓音沙哑。

斯佩德漫不经心地用雪茄比画了一下。“啊，见鬼，”他轻松地说，“我知道它是什么！你们不惜一切代价地争夺它，我就能估计出它的价值。可是它具体是个什么东西，我还没有弄清。”

“她没告诉你？”

“奥肖内西小姐吗？”

“对，一个可爱的姑娘，先生。”

“啊，没有！”

胖子的眼睛眯得像两条黑线似的，埋在那堆粉红色的肥肉里。他含糊地说：“她一定知道。”随后又说：“凯罗没告诉你？”

“凯罗多聪明啊！他想买下它，却不愿意冒险，不想把事情的真相告诉我。”

胖子舔了舔嘴唇。“他愿意出多少钱买它？”他问。

“一万美元。”

胖子轻蔑地哈哈大笑起来。“一万美元！注意，是美元，不是英镑！这就是那个希腊人给你开的价！你是怎么回答的？”

“我说，如果我把东西交给他，他就得给我一万美元。”

“啊，对，‘如果’这两个字加得好！”胖子说话的声音不算太高，“他们知道这尊猎鹰雕像的价值吗？先生，你对此有何看法？”

“这个我帮不了你，”斯佩德承认道，“证据不足啊！凯罗没说知道，也没说不知道。奥肖内西说她不知道，不过我认为她是在撒谎。”

“这就不明智了。”胖子此刻有些心不在焉。他挠了挠头，眉头紧锁。他尽可能地在椅子里挪动着肥胖的身体。他闭上眼睛，突然又把眼睛睁得大大的，对斯佩德说：“也许他们确实不知道。”烦恼逐渐从他那肉乎乎的红脸上退去，他的脸上很快便流露出一种难以形容的高兴的神情，“如果他们不知道，那么全世界就只有我一个人知道啦！”

斯佩德抿了抿嘴，勉强地微笑了一下。“我很高兴，我来对了地方！”他说。

胖子也笑了，笑得有些暧昧。他的脸就像个微笑的面具，挡在他与斯佩德之间。他避开斯佩德的目光，把视线转移到斯佩德胳膊肘旁边的酒杯上。他的面部表情愉快起来。“天哪，先生，你的杯子空了！”说着，他起身来到桌旁，把杯子、酒瓶、苏打水瓶弄得叮当作响，最后终于调制出了两杯饮料。

斯佩德坐在椅子里一动不动，直到胖子手舞足蹈地开玩笑说：“啊，先生，这种药绝不伤身体！”他递给斯佩德一杯威士忌酒加苏打水。斯佩德忽然站起身来，紧挨着胖子，俯视着他，眼神刚毅而坚决。他举起酒杯，不慌不忙地说：“为了我们的开诚布公、相互谅解，干杯！”

胖子咯咯地笑了起来，与斯佩德一起把酒喝了下去。胖子坐了下来，双手将杯子放在肚皮上，朝斯佩德微笑着说：“是啊，先生，说来奇怪，不过这也许是事实，他们俩谁都不知道这尊猎鹰的雕像到底是什么做的。在这个世界上，除了你那谦卑的仆人卡斯珀·古特曼骑士之外，没有任何人知道。”

“好极了。”斯佩德叉开双腿站立着，一只手插在裤兜里，一只手端着杯子，“假如你告诉了我，那么世界上就只有你我二人知道了。”

“从数学的角度上讲，这是正确的，先生！”胖子两眼发光，脸上绽放着笑容， “可是，我还没决定要不要告诉你呢！”

“别犯傻，”斯佩德耐心地说，“你知道它是什么，我知道它在哪儿，所以你我才在这儿见了面。”

“那好，先生，它在哪儿呢?”

斯佩德没有理会他的问话。

胖子撅起嘴巴，扬起眉毛，脑袋朝左面歪了歪。“你瞧，”他和蔼地说，“你非要我把知道的告诉你，可你却不肯把知道的告诉我。这不公平，先生，咱们不能这么谈生意!”

斯佩德脸色苍白，显得十分冷峻。他用低沉而愤怒的声音快速说道：“再想想，赶快想！我对你那个小流氓说过了，你得跟我谈，不然就没戏可唱了。我现在告诉你，你今天就得给我讲清楚，否则此事就与你们无关了。你不要白白浪费时间，保守你那该死的秘密！天哪！就算你对人家藏在金库里的财宝一清二楚，又有什么用呢？没有你们，我一样能把事办成。见鬼去吧！如果一开始你们没把我扯上，也许就把事办成了。可现在不行了，这是旧金山，你们寸步难行。你们要么加入，要么退出，今天就得作出决定。”

他转过身，愤怒地把酒杯扔到了桌上。酒杯砸在木头上，破裂开来。斯佩德毫不理会破碎的杯子和洒落一地的酒，转过身来面对着胖子。

胖子比斯佩德更不注意酒杯的命运，撅着嘴，扬着眉毛，脑袋略朝左歪。斯佩德怒气冲冲地说这番话时，胖子始终和颜悦色。

斯佩德怒气未消地说道：“还有一件事，我不想——”

斯佩德左面的门被打开了，刚才放斯佩德进来的那个小伙子走了进来。他关上门，站在门前，双手下垂，看着斯佩德。小伙子大睁着眼睛，上下打量了一下斯佩德，最后把目光停留在斯佩德棕色上衣胸前口袋里的那块酱紫色镶边的手绢上。

“还有一件事，”斯佩德瞪着小伙子说道，“你作决定的时候，让这个小白脸儿离我远点儿。我会弄死他的，因为我不喜欢他。我不会给他还手的机会，我会宰了他……”

小伙子撇了撇嘴，令人琢磨不透地微笑了一下。他既不抬起眼皮，也不吭声。

胖子宽容地说：“好了，先生，你的脾气太暴躁了！”

“脾气暴躁？”斯佩德发疯似的大笑起来。他走到房间的另一头，从椅子上拿起帽子戴在头上。他用手指着胖子的肚皮。他那愤怒的声音在屋子里回荡着：“好好想想吧！你必须在五点半之前想好，是加入还是出局！”他垂下胳膊，看了一眼这个温文尔雅的胖子，又看了一眼小伙子，然后开门走了出去。突然，他转过身来，说话的声音十分刺耳：“五点半——过时不候！”

小伙子盯着斯佩德的胸口，把他在观景殿旅馆的大堂里说过的话重复了一遍，声音不高，却显得很恶毒。

斯佩德走出去，砰的一声关上了门。

第十二章　走马灯

斯佩德从古特曼居住的楼层乘电梯下来时，嘴唇干得难受，脸上满是汗水。他拿出手绢擦脸，这才发现自己的手在颤抖。他咧嘴一笑，说了声“嗬”，声音响亮，连开电梯的都扭过头来问：“先生，有事吗?”

斯佩德沿吉利街来到皇宫酒店，在那儿吃了午饭。等到落了座，他的脸上才恢复了血色，嘴唇也不干了，手也不再颤抖了。他从从容容地饱餐了一顿，然后前往希德·怀斯的律师事务所。

斯佩德进屋的时候，怀斯正咬着指甲、看着窗户发愣。他把手从嘴上放下来，把转椅转过来，面对着斯佩德说：“搬把椅子过来吧!”

斯佩德将一把椅子拖到那张堆满文件的大办公桌旁，坐了下来。“阿彻太太来过了？”他问。

“来过了。”怀斯的眼睛里有了一丁点儿亮光。“打算娶这个女人吗，山姆？”

斯佩德急躁地从鼻孔里喷出了一股气。“老天哪，连你都这么说！”他抱怨道。

律师把嘴角一撇，露出疲惫的笑容。“如果你不打算娶她，”他说，“那你可就有事情干了。”

正在低头卷烟的斯佩德抬起头来，不快地说：“你不是在开玩笑吧！对了，你就是吃这碗饭的！她告诉你什么了？”

“关于你的事吗？”

“凡是我该知道的事，统统说出来！”

怀斯挠了挠头，头皮屑落在他的肩膀上。“她告诉我，她本打算跟迈尔斯离婚，这样的话，她就可以——”

“这些我都知道，”斯佩德打断了他，“你可以跳过这部分，讲我不知道的。”

“我怎么知道她有多少……”

“别支支吾吾，希德！”斯佩德让打火机的火苗靠近纸烟，“她跟你说了些什么……她想瞒着我的话？”

怀斯用谴责的目光看着斯佩德。“你瞧，山姆，”他说道，“那不是——”

斯佩德抬起头来，伤感地说：“老天啊，他是我的律师，靠我发了财，可我却得跪下来求他告诉我真相！”他低下头来看着怀斯，“你难道不知道我为什么要把她打发到你这儿来吗？”

怀斯疲倦地做了个鬼脸，埋怨道：“再多一个像你这样的委托人，我就得进疗养院或圣昆廷监狱了。”

“你的委托人在哪儿，你就会在哪儿。她跟你说迈尔斯遇害的那天晚上她在哪儿了吗？”

“说了。”

“在哪儿？”

“在跟踪他。”

斯佩德坐直了身体，眨了眨眼睛。他怀疑地嚷道：“天哪，这些娘儿们！”然后哈哈大笑着松弛了下来，问道：“那么，她看见了什么？”

怀斯摇了摇头说：“没看见什么。那天晚上迈尔斯回家吃晚饭的时候告诉她，他在圣马克旅馆跟一个姑娘有个约会，并且跟她开玩笑说，这正是她要求离婚的好机会。一开始她还以为他只是在试探她，因为他知道——”

“这家人的事我完全了解，”斯佩德说，“跳过这部分，说说后来她做了什么。”

“只要你讲道理，我就说。迈尔斯出门之后，她想来想去，觉得他没准儿真的有那么个约会。你了解迈尔斯，他很可能——”

“介绍迈尔斯性格的内容，你也给我省略掉吧。”

“我真应该什么都不告诉你。”律师说，“于是，她把他们家的汽车从车库里开出来，一直开到圣马克旅馆对面，停下来之后坐在车里守着。她看见迈尔斯从旅馆里出来，跟踪一个男的和一个姑娘。她说那姑娘昨晚和你在一起。他们从旅馆里走出来之后，迈尔斯跟了出来。这时她才知道，迈尔斯是在工作，刚才在家里是逗她玩儿的。我想，她肯定会大失所望，而且很生气——根据她告诉我这些时的语气，能判断出来。她跟着迈尔斯，跟了好长一段，弄清他的确是在跟踪那一男一女，便去了你的公寓，结果你没在家。”

“当时是几点钟?”斯佩德问。

“她到你家的时间吗?第一次大概在九点半到十点之间。”

“第一次?”

“是啊!她开着车在附近兜了半个钟头，然后又去了你家，想碰碰运气。到了十点半，你仍然没在家，于是她就把车开回了市中心，到一家电影院去消磨时间，一直待到了午夜。她想，这时候你总该回家了吧。”

斯佩德皱起了眉头。“她十点半还去电影院?”

“她是这么说的——她去的是鲍威尔街的那一家，那家影院营业到夜里一点钟。她说她不想回家，因为她不想碰上迈尔斯。这种事情似乎总会让迈尔斯生气……尤其是午夜时分。她在电影院里一直待到了关门。”怀斯这会儿语速慢了下来，眼睛里流露出一丝讥讽，“她说，那时她已经作出决定，不再去你家了。她还说，她不知道这么晚了跑到你家去，你是否乐意，所以她到埃利斯街的泰记餐馆吃了点儿东西，就一个人回家去了。”怀斯仰身倒在椅子里，等着斯佩德说话。

斯佩德脸上毫无表情地问道：“你相信她吗?”

“你不相信吗?”怀斯反问道。

“我怎么知道这不是你们两个设下的圈套!”

怀斯微微一笑：“你不会总给陌生人兑现支票吧，山姆!”

“我不会大把大把地兑现的。好了，后来呢?迈尔斯没在家，那时至少是两点钟——肯定是两点钟——他已经死了。”

“迈尔斯没在家，”怀斯说，“看来这又把她给气着了——她认为他没待在家里是因为看见她不在家，生气了，才又出去了。于是，她再次把车开出车库，前往你家。”

“可是我没在家，我去看迈尔斯的尸体了。天哪，简直像走马灯！后来呢？”

“她回到家，发现老公还是不在。她刚开始脱衣服，你就派人捎去了迈尔斯的死讯。”

斯佩德极为仔细地卷好了一支烟，点燃之后说：“我觉得这个故事讲得通，与大部分已知的事实相吻合，应该是真的。”

怀斯挠了挠头，挠下来更多的头皮屑，洒落在肩头。他用好奇的目光审视着斯佩德，问：“可是你却不相信？”

斯佩德从嘴里拔出了烟卷，说：“相信也好，不相信也好，希德，反正这件事我一点儿都不知道。”

律师嘴边掠过一丝苦笑。他疲倦地抖了抖肩膀，说：“没错，我在出卖你。你干吗不找一个诚实的律师——一个你信得过的人？”

“我信得过的人已经死绝了。”斯佩德站起身，朝怀斯冷笑了一下，“生气了，嗯？就算我欠考虑吧。从现在起，我得记住，要对你讲礼貌了。刚才我进来的时候忘记向你叩拜了吧！”

希德·怀斯不好意思地微笑着。“你这狗崽子，山姆！”他说。

斯佩德走进自己的侦探社时，埃菲·佩林正站在外间办公室的中央。她忧心忡忡地用棕色的眼睛看着他说："出什么事了？"

斯佩德绷着脸问："你指哪方面的事？"

"她为什么没去我家？"

斯佩德上前两步，抓住了埃菲·佩林的双肩。"她没去你家？"他朝着惊慌失措的她大声吼道。

她剧烈地来回摇着头说："我等啊等，她就是不来，我又不能给你打电话，所以就回这儿了。"

斯佩德猛地把双手从她的肩膀上放下，插进裤兜，愤怒地高声说："又是一个走马灯！"说罢，大步走进自己的办公室，随即又走了出来。"给你妈妈打个电话，"他命令道，"看她是不是已经去了！"

姑娘打电话的时候，他在办公室里踱来踱去。"没去。"她放下电话说，"你——你亲自送她上的出租车？"

他咕哝着，表示同意。

"一定是有人跟踪她！"

斯佩德停住了脚步。他双手叉腰，怒视着姑娘，粗暴地高声对她说："没人跟踪她。你以为我是小学生吗？我是看清楚了之后才让她上的出租车。为了保险起见，我陪她经过了几条街。我下车之后，又为她检查了五六个街区。"

"啊，可是——"

"可是她没去你家，你已经告诉我了。我相信你说的话。你觉得，我会认为她到你家了吗？"

埃菲·佩林哼了一声，然后说："你的举止简直像个小学生！"

斯佩德的喉咙中发出一阵刺耳的声音。他向通往走廊的门走去。“我去找她，挖地三尺也要把她找出来!”他说，“待在这儿别走，等我回来，或者等我的电话！拜托，咱们做些正经事儿吧!”

他出了门，向电梯走去。刚走了一半儿，他就返了回来。他推开门时，埃菲·佩林正坐在她的办公桌前。他说：“你应该知道，我这么说话的时候，甭理我就是了!”

“你要是以为我理你了，那你就是疯了!”她答道，“只不过，”她双臂交叉，摸了摸自己的肩膀，一副无奈的样子，“我可不愿意穿着这件晚礼服等你两个星期啊，你这个畜生!”

他咧嘴笑着，低声下气地说：“是我不好，亲爱的。”他夸张地鞠了个躬，再次走了出去。

斯佩德朝街角上的出租车站走去，那儿停着两辆黄色的出租车。两名出租车司机正站在一起聊天。斯佩德问：“中午在这儿的那个红脸膛、黄头发的司机去哪儿了?”

“出车了。”一名司机答道。

“他还回来吗?”

“可能回来吧。”

另一名司机朝东边歪了歪头，说：“这不是来了嘛!”

斯佩德走到街口，站在路边，直到那个红脸膛、黄头发的司机停好车之后走下车来。斯佩德朝他走过去，说：“中午的时候，我和一位女士坐过你的车。我们穿过斯托克顿街，沿着萨克拉门托街到了琼斯街口，我在那儿下了车。”

“没错，”红脸膛的汉子说，“这我记得。”

“我让你把她送到第九大道，可是你没把她送到。你拉着她去哪儿了？”

司机用一只肮脏的手挠了挠自己的面颊，疑心重重地看着斯佩德：“这我就不知道了。”

“没关系，”斯佩德安慰着他，递给他一张自己的名片，“你要是不放心，咱们可以去你们公司，让你们主管批准一下。”

“我想这就可以了。我拉她去了轮渡大厦。”

“就她自己？”

“是的。”

“你没拉着她先去了别的什么地方？”

“没有。情况是这样的：你下了车之后，我沿萨克拉门托街又开了一段路。经过波尔克街口的时候，她敲了敲玻璃，说想买份报纸。于是我在街口停下，吹口哨叫来一个报童。她买了一份报纸。”

“什么报？”

“《呼声报》。然后，我继续在萨克拉门托街开了一段路。我们刚过范内斯街口，她又敲起了玻璃，让我拉她去轮渡大厦。”

“她显得很激动吗？”

“我没注意。”

“那么，你们到达轮渡大厦之后呢？”

“她付给我车钱，就这些。”

“有人在那儿等她吗？”

“即使有，我也没看见。”

“她往哪儿去了？”

“轮渡大厦？我不知道。也许是上了楼。”

“带着报纸？”

“是的，她付给我车钱的时候，把报纸夹在了腋下。”

“粉红的一面朝外，还是白的一面朝外？”

“哎哟，大哥，这我可记不得了。”

斯佩德谢过司机，递给他一枚银元，说：“拿着买包烟吧。”

斯佩德买了一份《呼声报》，拿着它来到一栋写字楼的挡风玻璃门处，背着风查阅起来。

他迅速地浏览了一下头版的新闻标题，然后看了第二版、第三版的新闻标题。他的目光在第四版的新闻《制造伪钞的嫌疑犯落网》上逗留了一会儿，然后看了一下第五版的《海湾青年饮弹自尽》。第六版和第七版上面没有他感兴趣的东西。他注意了一下第八版上的《枪战后旧金山三少年盗贼被捕》，但是一无所获。他一直翻到了第三十五版，这一版上刊登的是气象、船期、生产、金融、婚嫁、丧葬一类的消息。他看了一下讣告名单，跳过第三十六版和第三十七版（上面全是财经新闻），在第三十八版，即最后一版上，仍然没有找到任何有价值的内容。他叹了口气，把报纸叠起来，塞进上衣口袋，然后卷了一支烟。

他在写字楼的挡风玻璃门处站了五分钟，抽着烟，绷着脸。后来，他走到斯托克顿街，叫了辆出租车，乘车来到了皇冠公寓。

他走进大楼，用布丽姬·奥肖内西给他的钥匙打开了公寓的房门，走了进去。她昨晚穿过的蓝色长裙就挂在床头。

她的蓝色丝袜和拖鞋都放在卧室的地板上。那个原来放在梳妆台抽屉里的彩绘首饰盒，现在摆在梳妆台上，里面已然空空如也。斯佩德皱着眉头看了看它，舔了舔嘴唇，在公寓里转了一圈，便离开了。

在办公楼门口，他迎面碰见了在古特曼的住处见过的那个小伙子。小伙子挡住了斯佩德的去路，堵在楼门口说："走吧，他想见你。"

小伙子双手插在大衣口袋里。大衣口袋鼓鼓囊囊的，里面揣着的显然不仅仅是他的手。

斯佩德咧嘴一笑，嘲弄道："我还以为你们在五点二十五分之前不会露面呢！但愿我没让你久等。"

小伙子抬眼看了看斯佩德，就像忍受着肉体上的疼痛似的，用很不自然的声音说："总跟我过不去，早晚让你从肚脐眼儿里抠铅丸！"

斯佩德咯咯地笑了起来。"小痞子越无赖，黑话说得越花哨！"他快活地说，"好吧，咱们走。"

他们并肩走到了萨特街。小伙子的双手始终插在大衣口袋里。他们俩默默无语地走过了一个街区。斯佩德快活地问："你有多久没从人家的晾衣绳上偷衣服了，小子？"

小伙子就像没听见他的话一样。

"你有没有过——"斯佩德刚一开口就马上住了口。一丝柔和的光亮开始在他那灰黄色的眼睛里闪烁。他再也没跟小伙子说话。

他们走进亚历山德里亚旅馆，乘电梯来到十二层，沿着走廊朝古特曼的套房走去。走廊里空无一人。

斯佩德故意放慢了脚步，在离古特曼的房门不到五米远的地方，他已经落在小伙子后面大约半米远了。他突然身体一歪，用两只胳膊从后面紧紧地搂住了小伙子。他迫使小伙子胳膊朝前，这样一来，小伙子那双插在大衣口袋里的手就把大衣拱了起来。小伙子拼命挣扎，可是在一个大汉的紧勒之下，哪里还能动弹！斯佩德叉开双腿站立着，小伙子拼命往外踹的双脚正好落在了斯佩德两腿之间的空当处。

斯佩德一个“旱地拔葱”，把小伙子拎了起来，然后狠狠地摔在地上。走廊的地面上铺着厚厚的地毯，小伙子摔下去并没有发出多大的声响。就在小伙子落地之际，斯佩德就势把手向下一滑，攥住了小伙子的手腕。小伙子咬紧牙关，拼命想挣脱这双大手，但是根本无法阻止这双手慢慢地抓住他的手。

他们一动不动地僵持了很久，小伙子的胳膊终于软了下来。斯佩德放开小伙子，退后一步，两只手从小伙子的两个大衣口袋里抽出来时，各握着一把自动手枪。

小伙子转过身来，面对着斯佩德。他面色惨白，双手仍旧插在大衣口袋里，望着斯佩德的胸口，一声不吭。

斯佩德把手枪放进自己的口袋，嘲讽地咧嘴笑着。“走啊，”他说，“这下你家老板可该重用你了。”

走到古特曼家的门口，斯佩德敲了敲门。

第十三章　皇帝的贡礼

古特曼打开了房门，胖胖的脸上堆满了笑容。他伸出一只手说："啊，请进，先生！欢迎光临，请进！"

斯佩德握了握他的手，走了进去。小伙子跟在他后面。胖子关上了门。斯佩德把小伙子的两把手枪从口袋里掏出来，递给了古特曼："拿去！你不该让他带着它们满世界跑，这会害了他的。"

胖子开怀大笑，接过了手枪。"哎呀，"他说，"这是怎么回事？"他看了看斯佩德，又看了看小伙子。

斯佩德说："一个送报纸的瘸子从他身上把枪劫走了，可我让那小子把枪交了出来。"

脸色惨白的小伙子从古特曼手中接过枪，塞进了口袋，一声没吭。

古特曼又哈哈大笑起来。“天哪，先生，”他对斯佩德说，“你真是个令人钦佩的人物，一位奇人。请进！坐吧！把帽子给我！”

小伙子从房间侧面的门退了出去。

胖子把斯佩德安顿在桌旁的一张绿色长毛绒面的椅子上，递给他一根雪茄，替他点上火。然后，他调好两杯威士忌酒加苏打水，递给斯佩德一杯，自己端起来一杯，面对着斯佩德坐了下来。

“先生，”他说，“请允许我向你表示歉意，因为——”

“没关系，”斯佩德说，“咱们还是谈谈那尊猎鹰的雕像吧。”

胖子脑袋一歪，用赞赏的眼神看着斯佩德。“好吧，先生，咱们谈谈。”他喝了一小口酒，“我知道，你很能干，见过世面，在职业生涯中一定听说过很多惊人的事情。不过，先生，这件事情会是你听到的最惊人的事情。”

斯佩德彬彬有礼地点了点头。

胖子眯起眼睛，问：“先生，耶路撒冷的圣约翰医院骑士团①也就是后来被人们称作‘罗得岛骑士’的那个，你了解吗？”

斯佩德挥了挥手中的雪茄说：“了解得不多。我只记得在学校上历史课时听到过有关十字军的事情。”

---

① 圣约翰医院骑士团：天主教组织，十一世纪成立于耶路撒冷。起初从事医疗救济活动，治疗访问巴勒斯坦的基督教徒，不久就同伊斯兰教徒发生了冲突，后来渐渐败退到了罗得岛，一五三〇年退到了马耳他岛。

“很好。那你记不记得一五二三年，苏莱曼一世①把他们赶出了罗得岛？”

“不记得。”

“他把他们赶了出去。他们就在克里特岛定居下来，住了七年。到了一五三〇年，他们说服查理五世②赐给他们马耳他岛、戈佐岛和的黎波里这三个地方。”

“是吗？”

“是的，先生，不过有这样一些条件：他们每年得向皇帝进贡，贡品就是——”他伸出一根手指头，“一尊猎鹰的雕像，以表明马耳他仍属于西班牙，一旦他们离开马耳他，就必须把这个岛屿还给西班牙。懂了吗？皇帝虽然把马耳他赐给了他们，但即使他们不使用它了，也不能将它卖掉或者送给别人。”

“哦！”

胖子回头看了看那三扇关闭着的房门，把椅子拉近斯佩德，压低了嗓音说：“你对当年骑士团的那笔无法估量的财富，心里有数吗？”

“如果我没记错的话，”斯佩德说，“他们挺富有。”

古特曼大度地微微一笑。“挺富有，先生，你这话说得太轻描淡写了。”他把那充满了愉悦的声音压得更低了，“他们富得流油，先生。究竟有多富，你想都想不到——任何人都想不到。多少年来，他们一直在掠夺萨拉森人③。他们抢

① 苏莱曼一世（1494—1566）：奥斯曼帝国苏丹。

② 查理五世（1500—1558）：神圣罗马帝国皇帝。

③ 萨拉森人：十字军东侵时对阿拉伯人或伊斯兰教徒的称呼。

到了不知多少金银财宝、绫罗绸缎和象牙——精华中的精华。这就是历史，先生。我们都知道，对他们来说，对圣殿骑士①们来说，圣战在很大程度上就是一种掠夺。再让我们来说说皇帝查理，他把马耳他赐给了他们，而他要的唯一回报是每年进贡一只微不足道的猎鹰，这只是一种形式罢了。那么，这些无比富有的骑士想找到一种方式来表达对圣上隆恩的感激，岂不是人之常情？是啊，先生，他们的确这样做了。他们想出了一个好法子，第一年进贡给查理皇帝的不是一只微不足道的活猎鹰，而是一只金光灿灿的金鹰，从头到脚镶满了他们所拥有的最为精美的宝石。而且——别忘了，先生——他们有的是精美的珠宝，包括亚洲最为精美的珠宝。”古特曼不再悄声细语了，他用那双狡黠的黑眼睛审视着斯佩德毫无表情的面孔。胖子问道：“怎么样，先生，你对此作何感想？”

“说不好。”

胖子扬扬得意地笑了。“这些都是事实，历史事实，不是学校课本上的历史，也不是威尔斯②先生的历史。”他探身向前，“十二世纪以来的骑士档案至今仍被保存在马耳他。虽然这些档案并不是完整无缺的，但里面至少有三处……”他伸出三根手指头，“明明白白地提到了这尊镶满珠宝的猎鹰雕像。在德拉维尔·勒鲁的《圣约翰骑士团档案》里头，就有一处提到了它。当然，说得比较含蓄，但毕竟是提到了。

---

① 圣殿骑士：一一一八年为保护圣墓及朝拜圣地的信徒，在耶路撒冷组织了一支基督教军队，名为“圣殿骑士团”，圣殿骑士由此得名。

② 威尔斯（1866—1946)：英国作家，著有《世界史纲》等书。

还有一份未发表，因为作者没写完就辞世了。保利①的《圣殿骑士的起源及组织》的附录里，更是有一段明白无误的叙述，提到了我讲给你听的这段故事。”

“是吗？”斯佩德说。

“是的，先生，骑士团的首领维利耶·德利尔·阿达姆让土耳其奴隶在圣安格鲁的城堡里制作了这尊三十多厘米高、镶满珠宝的猎鹰雕像，把它送给了当时在西班牙的查理皇帝。他把它装在一条大帆船里，指派骑士团的一位名叫科米埃（或者叫科维埃）的法国骑士负责押运。”他再次压低了声音，“船根本就没有到达西班牙。”他抿着嘴唇微微一笑，问：“你听说过号称巴巴罗萨的红胡子海雷丁②吗？他是当时的一个著名的海盗船长，在阿尔及尔一带打劫。啊，就是他劫持了骑士的帆船，抢走了这尊猎鹰的雕像。于是，这尊猎鹰的雕像落到了阿尔及尔，这是事实。法国历史学家皮埃尔·丹从阿尔及尔寄出的一封信记述了这个事实：这尊猎鹰的雕像在那儿放了一百多年，后来被弗朗西斯·维尔尼爵士带走了。此人是个英国冒险家，曾与阿尔及利亚海盗一起混过一阵子。也许他并没把它带走，可是皮埃尔·丹认为他把它带走了，我也这么认为。

“弗朗西斯·维尔尼夫人撰写的《十七世纪维尔尼家族回忆录》里并没有提到这尊猎鹰的雕像，这一点是明白无误的。我看过这本书。可以肯定，一六一五年维尔尼爵士死在

① 巴斯瓦拉·保利（1725—1807）：法国人，路易十六任命他为科西嘉总督。一七五五年领导科西嘉人起义，反对热那亚。

② 海雷丁（1483—1546）：阿尔及利亚大海盗，一五一八年从西班牙手中夺走了阿尔及利亚。

西西里岛墨西拿的一所医院里的时候，这尊猎鹰的雕像并不在他手里。他那时已经穷得一文不名了。不过，先生，不可否认，这尊猎鹰的雕像确实落到了西西里。它一直留在那里，维克托·阿玛戴乌斯二世①一七一三年成为西西里国王后，这东西就落在了他手里。他逊位后，在法国尚贝里结婚时送给妻子的礼品中，有一件就是这尊猎鹰的雕像。这又是一个事实，先生。《维克托·阿玛戴乌斯二世王朝轶事》的作者卡鲁蒂为此做出了证明。

"也许他们——阿玛戴乌斯二世和他的妻子——把它带到意大利的都灵去了，他打算在那儿废除逊位令。尽管如此，它后来又落到了一个西班牙人手里。一七三四年，此人所在的军队攻占了意大利的那不勒斯——此人就是唐·何塞·蒙尼诺-雷东的父亲。唐·何塞·蒙尼诺-雷东可非等闲之辈，后来成为弗洛里达布兰卡伯爵，查理三世的首席国务大臣。至少在一八四〇年西班牙卡洛斯战争②结束以前，没有证据表明它落到别人手里。后来它在巴黎出现，当时巴黎到处都是卡洛斯王朝的党羽，这些人是被迫逃离西班牙的。一定是他们当中的某个人把它带到了巴黎，不过，不论这个人是谁——看来他对此物的实际价值并不清楚。在西班牙的这场卡洛斯战争中，无疑是出于谨慎，有人给这尊猎鹰的雕像涂上了一层油漆，或者是搪上了一层瓷釉，使它看上去只不过

---

① 维克托·阿玛戴乌斯二世（1666—1732）：意大利萨伏依的公爵、撒丁-皮埃蒙特第一代国王。一七三〇年逊位于其子查理·曼纽尔三世，旋即反悔，翌年被捕，在囚禁中度过余生。

② 西班牙卡洛斯战争：十九世纪中叶西班牙的卡洛斯王朝继承人为争夺王位而进行的内战，以卡洛斯王朝党羽的失败告终。

是一尊还算有意思的黑色雕塑罢了。先生，可以这么说，就是在这种伪装下，它在巴黎流转了七十年，不知被多少私人收藏者和商人转手过，可他们都太愚蠢了，居然没看出里面是什么东西。”

胖子歇了口气，笑了笑，遗憾地摇了摇头，然后继续说道：“整整七十年，先生，这件旷世奇物就像个足球一般在巴黎的贫民窟里转来转去。直到一九一一年，一位名叫哈里劳斯·康斯坦丁尼德斯的希腊商人在一家冷僻的铺子里发现了它。哈里劳斯不久就查清了它的底细，把它买了下来。它的价值用再厚的瓷釉也瞒不过他的。啊，先生，是哈里劳斯亲自查出了它的大部分历史，识破了它的庐山真面目。我得知这件宝物后，逼着他说出了它的大部分历史。从那以后，我进一步地补充了一些细节。

“哈里劳斯并不急于把自己找到的宝物换成钱。他知道，既然这东西价值连城，那么一旦对它的鉴定确凿无疑，就完全可以狮子大开口，卖个高价。他大概是打算跟当年骑士团的后裔们做一笔生意。英国的耶路撒冷圣约翰骑士团、普鲁士的圣约翰骑士团，以及马耳他最高骑士团的意大利语或德语分支——这些全都是富裕的骑士团。”

胖子举起自己的酒杯，发现杯子空了，便笑了笑，站起身来把自己的杯子和斯佩德的杯子都斟满了。“你有点儿相信了吧？”他一边兑苏打水，一边问。

“我没说过我不相信。”

“你的确没说过，”古特曼咯咯地笑着说，“可是，瞧你那样儿！”他坐下来大口喝着酒，用一块白手绢轻轻地擦了擦嘴，“啊，先生，在追查这尊猎鹰雕像的身世期间，为了安全起见，哈里劳斯又给它搪上了一层瓷釉，最后成了现在这个样子。他把它弄到手之后，过了一年，有一天，我偶然在伦敦看到《泰晤士报》上说，他的住宅被盗，他本人被杀。第二天我就赶到了巴黎。”他伤心地摇了摇头，“猎鹰的雕像不见了。天哪，先生，我都快疯了！我不相信还有人知道它的真实情况，我也不相信除了我以外，他告诉过其他人。被偷走的东西很多，所以我认为那个盗贼一定不知道这尊猎鹰的雕像为何物，只不过是顺便把它连同其他财物一起卷走罢了。我敢说，如果盗贼知道它的价值，那么他就不会再拿其他东西来增加自己的负担了——绝对不会！至少，除了皇冠上的珠宝，他什么都不会拿。”

他闭上眼睛，内心的活动使他露出了自鸣得意的微笑。他睁开眼说：“好吧，先生，这是十七年前的事了。我花了十七年的时间寻找这尊猎鹰的雕像，终于找到了。我想要它，所以不会轻易打退堂鼓。”他的脸上绽放着笑容，“我想要它，就能找到它，把它搞到手。”他一口气把杯中的酒喝光，擦了擦嘴，把手绢塞回了口袋，“我追查它，查到了一位俄国将军家里。此人叫凯米多夫，住在君士坦丁堡郊区。他对此物的真相一无所知。对他来说，这只不过是一尊黑瓷釉的雕塑而已。不过，喜欢与人作对是他的天性，也是他作为俄国将军的本色。当我向他提出要买这件东西的时候，他那喜欢与人作对的天性使得他就是不肯卖给我。也许是由于求宝心切，我当时有点儿不讲策略。我确实想要它，所以生怕这个笨蛋军人会着手调查这件宝贝的来历，会刮下些瓷釉来。于是我派了几个——嗯，就算是代理人吧，去把它弄到手。是啊，先生，他们的确把它弄到手了，可我却没能得到它。”

他站起身，端着自己的空酒杯走到了桌边，“不过，我就要得到它了。你的酒杯呢，先生？”

“这么说，这尊猎鹰的雕像并不属于你们任何人，”斯佩德说道，“而是属于凯米多夫将军！”

“属于？”胖子快活地说，“是啊，先生，你可以说它属于西班牙国王，可我却不明白，你怎么会死心眼儿地认为其他什么人可以拥有它——他们最多也只能说是有暂时保管它的权利吧！”从他的喉咙中发出的声音，表明了他的态度，“这种价值连城的宝物，以这样的方式在人们的手中来回传递……很显然，谁拿到了它，它就归谁所有了。”

“那么它现在是奥肖内西小姐的财产喽？”

“不，先生，她只是我的代理人。”

斯佩德嘲讽地说了声：“哦！”

古特曼若有所思地望着自己手中的威士忌酒瓶，问道：“现在东西肯定在她手里吗？”

“差不多吧。”

“在什么地方？”

“具体地点我不清楚。”

胖子砰的一声把酒瓶放到了桌上。“可你说过，你知道这件事。”他抗议道。

斯佩德用一只手做了个无可奈何的手势。“我的意思是说，时机一到，我就能把它弄到手。”

古特曼脸上粉红色的肥肉快活地挤在了一起。“你知道？”他问。

“是的。”

“什么地方？”

斯佩德咧嘴一笑，说：“交给我办好了，这是我的任务。”

“什么时候？”

“等我做好了准备。”

胖子把嘴一撇，略微有些不安地微微一笑，问道：“斯佩德先生，奥肖内西小姐现在在哪儿？”

“在我手里，我把她藏在了一个安全的地方。”

古特曼赞许地微笑着。“我信得过你，先生。”他说，“好吧，先生，在你我坐下来谈价格之前，请回答我一个问题：你在多长时间之内——或者说你愿意在多长时间之内——拿出猎鹰的雕像来？”

“两三天吧。”

胖子点了点头。“这个答案很令人满意。对了，我忘了咱们的营养品了。”他转身走到桌边，斟了杯威士忌酒，兑了苏打水。他把一杯酒放在斯佩德的胳膊肘旁边，然后把自己的那杯酒高高地举了起来。“好吧，先生，祝我们公平交易，双方都财源滚滚！”

然后，胖子坐了下来。斯佩德问：“你说的‘公平交易’是什么意思？”

古特曼举起酒杯，充满感情地对着亮光看了看它，喝了一大口酒，然后说：“我有两个办法，先生，每个都很公平，任凭你挑选：你把猎鹰的雕像交给我，我给你两万五千美元，到了纽约之后再付给你两万五千美元；还有一个办法，就是把猎鹰的雕像变卖成现金之后，我给你四分之一，也就是百分之二十五。你瞧，先生，要么就马上拿到手五万美元，要么就等两三个月之后拿到数额更大的一笔钱。”

斯佩德喝了口酒，问道："大多少？"

"大得多！"胖子说道，"十万、二十万？我也只能说出个大概，你相信吗？"

"为什么不？"

胖子咂了咂舌，又把嗓音压低了，像是在愉快地哼哼："先生，如果我说五十万，你作何感想？"

斯佩德眯起眼睛说："这么说，你认为这玩意儿值两百万喽？"

古特曼平静地微笑着说："用你自己的话来说——为什么不？"

斯佩德喝干了杯中的酒，把杯子放到了桌上。他把雪茄插进嘴里，又拿出来看了看，然后再次插进了嘴里。他有些迷茫地说："那可是一笔巨款啊！"

胖子赞同道："的确是一笔巨款。"他倾身向前，拍了拍斯佩德的膝盖，"这绝对是最低的估价，要不然哈里劳斯·康斯坦丁尼德斯就是个瞎眼睛的白痴了——他可不是白痴！"

斯佩德再次把雪茄从嘴里拿了出来，皱了皱眉头，厌恶地看了一眼，然后把它放到了烟灰缸上。他紧紧地闭上双眼，然后睁开，眼神显得越发迷茫了。他说："最低的？那最高的呢？"他说"高"字的时候，声音明显有些颤抖。

"最高？"古特曼举手示意，"我拒绝猜测。你以为我疯了……谁都说不出它的价值，先生，这是有关它的唯一真相。"

斯佩德狠狠地抿了抿嘴，不耐烦地摇了摇头。他的眼睛里迅速地掠过一丝恐惧，这恐惧很快就被越来越深的茫然压了下去。他摁着椅子扶手站起身，再次摇了摇头，朝前迈了一步，声音沙哑地笑了两声，然后低声说："见鬼!"

古特曼霍地站起来，把椅子往后推了推。他浑身的肉都在颤动，油光锃亮的粉红色脸上，两只眼睛就像是两个黑洞。

斯佩德的头从一侧摆向另一侧，直到他那呆滞的眼睛对着——而不是看着——房门。他又摇摇晃晃地朝前迈了一步。

胖子厉声叫道："威尔默!"

门开了，一个小伙子走了进来。

斯佩德迈出了第三步。他的脸现在是灰色的，下巴上的肌肉向外凸胀，就像是耳朵下面长了个瘤子。他迈出第四步之后，腿就再也伸不直了，他那迷茫的眼睛几乎被眼皮盖住了。接着，他迈出了第五步。

小伙子走了过来，紧挨着斯佩德站住，右手插在上衣里面的胸口处。斯佩德的嘴角在抽搐，试图迈出第六步。

小伙子猛地把腿伸到了斯佩德的腿前面，把斯佩德脸朝下绊倒在地板上。右手仍然插在怀里的小伙子低头看着斯佩德。斯佩德试图爬起来。小伙子把右脚向后一缩，紧接着飞起一脚，踢在了斯佩德的太阳穴上，把斯佩德踢得打了个滚。他再次试图爬起来时，已经爬不起来了，直接昏了过去。

第十四章
“鸽子号”轮船

早上六点刚过几分钟，斯佩德便走出了电梯。他刚走过走廊的拐角处，就看见从侦探社的磨砂玻璃门里透出了黄色的灯光。他立刻站住脚，紧闭双唇，观察了一下走廊里的情况，然后轻手轻脚地快步朝房门走去。

他握住门柄，小心地转动，尽量不弄出声响。他将门柄转到转不动为止，发现门是锁着的。他换了一只手，改用左手握门柄，右手从兜里掏出一串钥匙，动作小心翼翼，以免钥匙彼此碰得叮当响。他从中拣出办公室的那把钥匙，把其他钥匙攥在手心里。他把办公室的钥匙插进锁孔，插进去时悄然无声。他踮起脚尖，稳住身子，深吸了一口气。咔嗒一声，门开了，他走了进去。

埃菲·佩林坐在办公桌旁，枕着胳膊呼呼大睡。她穿着外衣，把斯佩德的一件大衣披在身上。

斯佩德扑哧一笑，舒了口气。他反手关上门，穿过房间，来到了里间办公室。里间办公室里空无一人。他回到姑娘身边，一只手搭在她肩膀上。

她悸动了一下，昏昏沉沉地抬起头，眨了眨眼。忽然，她直起身，眼睛睁得大大的。她看见斯佩德，便微微一笑，靠在椅背上，揉了揉眼睛。“你终于回来啦!”她说，“几点了?”

“六点。你在这儿干什么?”

她有些哆嗦，于是拉紧了斯佩德的大衣，裹住自己，然后打了个哈欠。“是你叫我等你回来的。”

“哦，你真是忠于职守啊!”

“我并没打算——”她没有说下去，而是站起身来，任凭大衣滑落到背后的椅子上。她用那双黑色的眼睛激动地看着他帽檐下露出来的太阳穴，叫道：“哦，你的头！出什么事了?”

斯佩德的右侧太阳穴又青又肿。

“我不知道我是摔倒了还是让人给打了。我觉得伤得不算厉害，不过倒是挺疼的。”他用手指碰了一下伤处，又赶紧放下，脸上的怪相变成了狞笑。他解释道：“我去拜访人家，被人用迷药给迷倒了，仰面朝天地在人家地板上睡了十二个小时。”

她走过来，摘下他头上的帽子。“太可怕了!”她说，“你得去看看医生。脑袋肿成这个样子，可不能满世界乱跑了。”

“实际上并没有看上去那么严重，就是头痛得厉害，大概是迷药在作怪。”他走进办公室角落里的一个小房间，往手绢上浇了些凉水，“我走了以后有什么事吗？”

“你找到奥肖内西小姐了吗，山姆？”

“还没有。我走了以后有什么事吗？”

“地方检察官办公室来过电话，说他要见你。”

“他本人吗？”

“是的，我想是吧。还有个小伙子捎来个口信，说古特曼先生想在五点半之前和你谈谈。”

斯佩德关上水龙头，拧干手绢，从小房间里走了出来。他把手绢敷在太阳穴上说：“口信我收到了。我在楼下遇见了那小子，跟古特曼先生谈了谈。就是因为同古特曼谈话，我才成了这个样子。”

“就是那个打来电话的古特曼吗，山姆？”

“对。”

“那怎么——”

斯佩德茫然地凝视着姑娘，边说边想，似乎想用语言来理顺自己的思绪：“他想要一件东西，以为我能帮他弄到手。我想让他相信，要是他不在五点半之前跟我交易，我就会阻止他把东西弄到手。后来——唔，没错——后来我告诉他还得等上两三天，他就给我吃了迷药。他们不太可能想把我弄死。他知道，十到十二个小时之后我就会醒过来。所以，他也许是认为在这十到十二个小时之内，用不着我帮忙他也能把东西搞到手，而如果我在此期间不省人事了，就没法插手这件事了。”他皱起了眉头，“我真希望他打错了算盘。你没听到奥肖内西的消息吗?”

姑娘摇了摇头,问道:“这事和她有关系吗?”

“有一点儿。”

“他要的东西是她的吗?”

“或者说是西班牙国王的,亲爱的。你有个叔叔在大学里教历史之类的课程吧?”

“一个表哥。干吗问这个?”

“如果咱们告诉他一个据说是四个世纪以前的历史秘密,他会替咱们保密一阵子吗?”

“哦,能,他是个好人。”

“那好,拿铅笔和本子来!”

她拿来铅笔和本子,然后坐到了椅子上。斯佩德又往手绢上洒了些凉水,用手绢捂着太阳穴,站在她面前,口述了从古特曼那儿听来的那尊猎鹰雕像的故事。他从查理五世赐给骑士团居住地讲起,一直讲到随着卡洛斯王朝的党羽大批涌至巴黎,这只被搪上瓷釉的猎鹰雕像也被送到了巴黎为止,后面的事情他就绝口不提了。至于古特曼提到的那些作家和作品的名字,他说得磕磕巴巴,不过发音还是比较准确的。有关历史的其他部分,他复述得非常准确,就像个受过训练的记者。

他讲完之后,姑娘合上笔记本,朝他扬起通红的笑脸。“哦,这不是挺惊心动魄的嘛!”她说,“真是——”

“是啊,或者说是荒诞不经。你把这个拿去念给你表哥听,问问他有何看法!他有没有接触过与这件事有关系的资料?这件事听起来像不像是真的?是不是有可能——哪怕有一点点可能,还是完全是瞎扯?如果他想花些时间查一查,是可以的。不过，最好请他现在就发表点儿见解。看在老天爷的分上，拜托他千万保密。”

“我这就去。”她说，“你去看看医生，治治你的脑袋。”

“咱们先吃早饭吧。”

“不用了，我到了伯克利再吃。我想尽快听到特德的看法。”

“好吧，”斯佩德说，“如果他取笑你，你可别哭鼻子啊！”

斯佩德悠闲地在皇宫酒店吃了早餐。吃早餐的时候，他看了两份早报，然后回家去了。在家里，他刮了胡子，洗了澡，用冰块擦了擦青肿的太阳穴，并且换上了干净衣服。

然后，他前往皇冠公寓——奥肖内西的住所。房间里空无一人，一切都和他上回来的时候一样。

于是，他去了亚历山德里亚旅馆。古特曼那套房间里的人都不在。斯佩德了解到，这里面还住着胖子的秘书威尔默·库克，以及胖子的女儿雷娅。雷娅是个棕色眼睛、皮肤白皙的姑娘，只有十七岁。据旅馆的工作人员说，她长得很美。他们还告诉斯佩德，古特曼一行是十天前从纽约来的，现在还没退房。

斯佩德前往观景殿旅馆，发现那位旅馆的保安部经理正在咖啡厅里吃早餐。

“早啊，山姆！坐下，来个鸡蛋吧！”保安部经理盯着斯佩德的太阳穴，“天哪，有人绑架你！”

“谢谢，我吃过了。”斯佩德一面坐下一面说，然后才提起他的太阳穴，“看上去比实际上要严重。凯罗怎么样了？”

“你昨天走了之后不到半个小时，他就出去了，从那以后我就再也没见过他。他昨晚仍然没在此过夜。”

“他染上了坏习惯。”

“得了，这家伙独自待在大城市里嘛……绑架你的人是谁?”

“不是凯罗。”斯佩德目不转睛地看着那个扣在烤面包片上的银质小圆盖，“趁他出去的时候搜搜他的房间，你看行吗?”

“行，我随时愿意配合你。”卢克推开咖啡杯，把胳膊肘支在桌上，牢牢地盯着斯佩德的眼睛，“不过我总有一种感觉，觉得你并不是随时都愿意配合我。说真的，这家伙究竟是怎么回事，山姆? 你不必瞒我，你知道我是靠得住的。”

斯佩德的目光离开了银质的圆盖，十分坦诚地看着卢克说：“你当然靠得住，我不想隐瞒什么。跟你直说吧，我在为他办一件事。他的一些朋友有些不太对劲儿，所以我有点儿怀疑他。”

“昨天被咱们赶出去的那小子就是他的朋友之一?”

“是啊，卢克，他算一个。”

“是他们的人干掉了迈尔斯吗?”

斯佩德摇了摇头说：“是瑟斯比杀死的迈尔斯。”

“那么，是谁杀死了瑟斯比?”

斯佩德微微一笑。“这是个秘密。可是，不瞒你说，”他说，“根据警察的判断，是我杀的他。”

卢克轻蔑地哼了一声，站起来说：“你真是个难以捉摸的家伙。走吧，咱们查查去!”

他们俩在服务台前待了好一会儿，好让卢克趁此机会安排一下：如果他来了，就打个电话。然后，他们走上楼，来到凯罗的房间。凯罗的床平展整齐，不过字纸篓里扔着些废纸，百叶窗也拉得一边高一边低，卫生间里有几条皱巴巴的毛巾，可见客房服务员早上没来收拾。

凯罗的行李包括一只皮箱、一个旅行袋、一个多层皮包。卫生间的小橱里摆满了化妆品——装在盒子、罐子和瓶子里的香粉、润肤膏、香水、护肤液、生发油。两套西装和一件大衣挂在壁橱里，下面放着三双仔细撑着鞋楦的皮鞋。

旅行袋和皮包都没上锁。斯佩德检查其他地方时，卢克已经把皮箱上的锁打开了。

“到目前为止，什么也没发现。”斯佩德一边检查皮箱，一边说。

他们俩没有找到任何感兴趣的东西。

“咱们要找什么具体的物品吗？”卢克一边锁上箱子，一边问。

“没什么具体的。据说他是从君士坦丁堡来的，我想看看是否确实如此。我还没有找到任何物证，足以证明他不是从那儿来的。”

“他是干什么的？”

斯佩德摇了摇头说：“这也是我想知道的。”他穿过房间，向字纸篓俯下身子，“好吧，这是咱们的最后尝试了。”

他从字纸篓里拿出一份报纸。当他发现这份报纸是前一天的《呼声报》时，眼睛顿时一亮。报纸是叠着的，分类广告那一版朝外。他打开它，检查了这一版，没有什么吸引人的地方。

他翻过这一版，看了看被叠在里面的一版，上面登的是金融和船期信息，以及气象、婚嫁、离婚和丧葬等消息。在报纸的左下角，第二栏底下七八厘米处，被撕掉了一小块儿。

在被撕掉部分的上方有个小标题，接下去是：

中午12：20——“卡帕克号”由阿斯托里业抵港。

早晨5：05——“海伦·德鲁号”由格林纳达抵港。

早晨5：06——“阿巴拉多号”由班东抵港。

下面一行字被撕掉了一半，根据剩下来的几个字母可以猜出是“由悉尼抵港”。

斯佩德把《呼声报》放在桌上，又翻查起字纸篓来。他找到了一小片包装纸、一根绳子、两个针织品标签，以及一家男子服装用品商店的发票（买的是半打袜子）。字纸篓的底部有一个报纸揉成的小纸团。

他小心地打开这个小纸团，在桌上将它捋平，与《呼声报》被撕掉的地方拼在一起——严丝合缝，只是揉搓过的这片纸的顶端与报纸上刚才猜出的“由悉尼抵港”的地方，两者之间少了一两厘米，少掉的部分大致可以刊登六七条轮船的抵港信息。他把报纸和纸片翻转过来，反面缺少的那块只不过是一家证券经纪人没多大意义的广告。

卢克在他肩膀上方探着身子问：“这些东西是怎么回事?”

“看来这位先生对一条船感兴趣。”

“啊，没有哪条法律禁止这样做，对吧?”卢克说话的时候，斯佩德把撕去角的报纸和揉皱的纸片叠在一块儿，塞进了上衣口袋，“你都查过了吗?”卢克问。

“查过了。多谢，卢克。他回来之后，你给我打个电话好吗?”

“没问题。”

斯佩德来到《呼声报》营业部，买了一份隔天的报纸，翻到船期信息栏，把报纸与从凯罗的字纸篓里拿来的那份进行了对照。缺失的部分是这样的：

早晨5：17——“塔希提号”由悉尼基帕皮提抵港。

早晨6：05——“海军上将皮普尔斯号”由阿斯托里亚抵港。

上午8：07——“卡多皮克号”由圣佩得罗抵港。

上午8：17——“西尔佛拉多号”由圣佩得罗抵港。

上午8：05——“鸽子号”由香港抵港。

上午9：03——“黛茜·格雷号”由西雅图抵港。

他慢慢地看了一遍这张船期表，然后用指甲在“香港”二字下面画了一道杠。他从口袋里掏出小刀，把这一小块儿纸裁下来，把余下的报纸和凯罗的那张碎纸片扔进了字纸篓，然后回侦探社去了。

他在办公桌旁坐下，从电话簿中查出一个号码，开始打电话。

“请接卡尼街一四〇一号……昨天早上从香港来的‘鸽子号’停靠在哪个码头?”他重复了一遍这个问题之后，说了声“谢谢”。

他挂断电话，然后拨了另一个号码。他对着话筒说：“请接达文波特街二〇二〇号……请转侦缉处……波尔豪斯警官在吗？……谢谢……喂，汤姆，我是山姆·斯佩德……是啊，我昨天下午就打电话找过你了……没错，跟我一块儿吃个午饭吧……好的。”

他挂断电话，然后拨了另一个号码。

“请接达文波特街〇一七〇号……喂，我是山姆·斯佩德。我的秘书昨天接到了一个电话，说布赖恩先生想见我。你能问他一下什么时间方便吗？……对，斯佩德……”停顿了好一会儿，“喂，两点半？好吧，谢谢。”

他又拨了一个电话，说：“你好，亲爱的，帮我叫一下希德……喂，希德，我是山姆。我今天下午两点半去见地方检察官。下午四点钟的时候，你给我打个电话好吗？只是看看我有没有出事……别跟我提什么星期六下午的高尔夫球！你的本职工作是避免我进班房……好吧，希德，再见！”

他挂上电话，打了个哈欠，伸了个懒腰，揉了揉青肿的太阳穴，然后看了看手表，卷了支烟。他困倦地吸着烟，直到埃菲·佩林走进来。

埃菲·佩林微笑着走了进来，眼睛明亮，脸色红润。“特德说那是可能的，”她报告说，“他希望是真的。他说他不是这个领域的专家，不过那些名字和时间都对，至少你说的那些作者和他们的著作没有一个是假的。他非常兴奋。”

“太好了！只要他别热情过度，非要来辨别一下是不是假货就行。”

“哦，不会的！特德最有职业操守了。”

“啊，佩林一家全都是好人……”斯佩德说，“包括你和你鼻尖上的黑点儿。”

“他不是我们佩林家的，他姓克里斯蒂。”她低下头，用小化妆盒里的镜子照了照自己的鼻子，“一定是烟灰。”她用手绢擦掉了黑点儿。

“是佩林与克里斯蒂的热情点燃了伯克利吗?”他问。

她一面用粉色的粉饼往鼻子上扑粉，一面朝他做了个鬼脸。“我回来的时候，有条船着了火。他们把船拖走时，到处都是烟。”

斯佩德把双手放在椅子的扶手上说：“离得这么远，你能看清船的名字吗?”

“是‘鸽子号’。怎么啦?”

斯佩德苦笑着说：“我要是知道怎么啦就好了，妹子!”

第十五章
衙门里的糊涂蛋

斯佩德和波尔豪斯探长在美国豪夫布劳餐厅的一张由大个子约翰服侍的餐桌上吃着咸猪蹄。

波尔豪斯叉起一块亮晶晶的浅色肉皮，停留在盘子与嘴之间，说："嘿，山姆，把那天晚上的事情忘掉吧！他是大错而特错了，但是话又说回来了，被你那么嘲弄，谁都会气昏头的。"

斯佩德若有所思地看着警探。"你约见我就是为了这个吗?"他问。

波尔豪斯点了点头，把肉皮送进嘴里，咽了下去，然后更正道："主要是为了这个。"

“是邓迪派你来的？”

波尔豪斯厌恶地撇了撇嘴说：“你知道他不会派我来——他和你一样倔。”

斯佩德笑着摇了摇头，说：“不，他并不倔，汤姆，他只是以为自己倔。”

汤姆皱着眉头，用餐刀切着猪蹄。“你怎么就长不大呢？”他咕哝道，“你发什么牢骚啊，他并没有伤害你！你是在自找苦吃。”

斯佩德小心地把刀叉一起放在盘子上，把手搁在盘子两侧的桌面上。他脸上的笑容淡淡的，没有热情。“全城的警察都在加班加点地干，想方设法地找我的碴儿，但是他们奈何不了我。”

波尔豪斯的脸越来越红了。他说道：“你这么说很好。”

过了一会儿，斯佩德问：“你看见港湾里的那艘船着火了吗？”

“我只看见船在冒烟。通情达理点儿，山姆！邓迪错了，他自己知道！你为什么还不肯见好就收呢？”

“你认为我应该到他那儿去，对他说，希望我的下巴没有碰伤他的拳头？”

波尔豪斯只管用力切自己的食物。

斯佩德说：“菲尔·阿彻提供新消息了吗？”

“啊，见鬼！邓迪并不认为是你杀了迈尔斯，但他若不顺着这条线索查下去，又能怎么办？你处在他的位置也会这么干的，这一点你是明白的。”

“是吗？”斯佩德有些不怀好意，“是什么让他认为不是我干的？又是什么让你认为不是我干的？或者，你们现在仍然认为是我干的?”

波尔豪斯的脸涨得通红。他说:“是瑟斯比杀死的迈尔斯。”

“你们认为是他杀的?”

“是的。那把韦伯利手枪是他的,迈尔斯身上的子弹就是从那把枪里射出来的。”

“你能肯定?”斯佩德问。

“绝对肯定。”警探答道,“我们找到了一个年轻人,他是瑟斯比住的旅馆里的服务员。就在那天早上,他在瑟斯比的房间里见过那把枪。当时他特别注意了一下它,因为他以前从没见过那样的枪。我也从没见过那样的枪。你不是说那种枪现在已经不生产了吗?所以这一带不太可能有第二把那样的枪。可是,如果说那把枪不是瑟斯比的,那么他那把枪到哪里去了呢?况且,打中迈尔斯的那颗子弹就是从那把枪里射出来的。”他动手把一片面包放进嘴里,又拿出来,问道:“你说你以前见过那种枪,在什么地方?”说罢,他又把面包塞进了嘴里。

“战前,在英国。”

“没错,完全对头。”

斯佩德点了点头,说:“这么说,只剩下瑟斯比一个人是我杀的了。”

波尔豪斯在椅子上不安地蠕动着,他的脸又红又亮。“看在老天的分上,你就不能消停一会儿?”他诚挚地抱怨道,“事情已经很清楚了,这一点你和我一样明白。你要是还认为自己是个侦探,就不会这么怨天尤人。我看你不是也跟我们控制你一样在控制别人吗?”

“你是说你们在控制我，汤姆只是在试探……”

波尔豪斯一面压低嗓音发誓赌咒，一面啃他的猪蹄。

斯佩德说：“好吧。你我都知道了事情的真相。邓迪怎么看？”

“他也知道了真相。”

“是什么使他醒悟过来的？”

“啊，山姆，他从未真的认为你——”斯佩德的微笑使波尔豪斯停了下来。他没说完这句话，只说了一句：“经查，瑟斯比有前科。”

“是吗？”

波尔豪斯用那双狡黠的棕色眼睛审视着斯佩德的面孔。斯佩德愤怒地喊道：“你们这帮家伙以为我对这件事了解多少？我要是能了解到这件事的百分之五十，那就谢天谢地了！”

“我们要是早知道这些就好了。”波尔豪斯咕哝着，“根据警方最早的记录，他是圣路易斯一带的一个小混混。他被当地警方抓起来过很多次，不过因为他属于伊根帮①，所以每次都很快就被放出来了。我不知道他后来怎么离开的伊根帮这个保护伞，在纽约因为打劫一个玩法罗牌的赌窟而再度被捕。这次被捕是他的女朋友把他供出来的。他坐了一年的牢之后，法伦把他保释了出来。两年后，他的另一个女朋友给他注射毒品。他用手枪柄夯她，因此而蹲了几天监狱。从那以后，他傍上了迪克西·莫纳汉，每次惹了麻烦都能全身

① 伊根帮：二十世纪二十年代圣路易斯一带的著名黑帮，头目是有政客身份的威廉·伊根。

而退。当时迪克西火得很，在芝加哥博彩业的名气与希腊人尼克①不分伯仲。这个瑟斯比是迪克西的保镖，迪克西欠了其他黑帮的债不想还或还不起，得罪了人家，他就跟迪克西一起逃跑了。那是两三年前的事，就是纽波特海滩游艇俱乐部被关闭的那个时候。我不知道迪克西与这个俱乐部的关闭有没有关系，但不管怎么说，这回是他或瑟斯比第一次被人发现。"

"迪克西也被发现了?"斯佩德问。

波尔豪斯摇了摇头。"没有。"他的小眼睛目光犀利，充满了好奇，"除非是你看见过他，或者是知道有人看见过他。"

斯佩德懒洋洋地仰靠在椅子上，开始卷烟。"我没看见过他，"他和气地说，"你说的这些我是头一回听说。"

"我看也是。"波尔豪斯说完，哼了一声。

斯佩德咧开嘴笑着问："瑟斯比的这些情况，你们是打哪儿弄到的?"

"有些是从档案里，其余的嘛，是零零散散地拼凑出来的。"

"比方说，从凯罗那儿……"这回是斯佩德的眼睛闪着好奇的光。

波尔豪斯放下咖啡杯，摇了摇头说："他一个字也没说——你给他灌了迷魂汤。"

斯佩德哈哈大笑："你是说，你和邓迪两位大侦探审了

---

① 希腊人尼克：美国最为传奇的扑克牌赌徒尼古拉斯·丹多洛斯（1883—1966），有"赌王"之称。

这个活宝整整一宿都没能让他交代吗？”

“你这是什么话——整整一宿？”波尔豪斯抗议道，“我们只审了他不到两个小时。后来，见问不出什么名堂，我们就放他走了。”

斯佩德笑着看了看手表。他向约翰打招呼，要了账单。等待找钱的时候，他告诉波尔豪斯：“今天下午我和地方检察官有个会面。”

“是他叫你去的吗？”

“是的。”

波尔豪斯推开椅子，站起身来。他是个大肚皮的高个子，身体结实，沉着冷静。“你可千万别把我讲给你的这些事告诉他啊！”他说。

一个生着一对“招风耳”的瘦高小伙子把斯佩德引进了地方检察官的办公室。斯佩德脸上挂着微笑走了进去，轻松地说：“你好，布赖恩！”

地方检察官布赖恩站起身，隔着办公桌伸过手来。他中等身材，一头金发，年龄在四十五岁左右，长着一双咄咄逼人的蓝眼睛，戴着系有黑丝带的夹鼻眼镜，一张能说会道的嘴巴稍显大了些，方方的下巴上有一道凹缝。他说：“你好吗，斯佩德？”他说话时声音洪亮而有力。

他们俩互相握了握手，分别坐了下来。

地方检察官的办公桌上有一排小电钮，他按了其中的一个，对那个再次开门进来的瘦高小伙子说：“请托马斯先生和希利进来。”然后在椅子里转回身，愉快地对斯佩德说：“你跟警方配合得不太好，对吧？”

斯佩德用右手指头做了个表示不屑的手势。“没什么大事，”他轻描淡写地说，“邓迪太热心了。”

门开了，进来两个人。斯佩德对其中一个人说：“你好，托马斯！”此人三十岁左右，是个皮肤黝黑的矮胖子，衣服和头发都有些乱。他用被晒得满是斑点的手拍了拍斯佩德的肩膀，问道：“怎么样？”说完，在斯佩德身边坐了下来。第二个人更加年轻，脸色苍白。他与大家拉开距离坐下，把一个速记本放在大腿上，手拿一支绿色的铅笔，在本子上写写画画。

斯佩德瞟了他一眼，笑嘻嘻地问布赖恩：“我说的话将作为证言吗？”

地方检察官微微一笑。“白纸黑字是要有的。”他摘下眼镜，看了看，又把眼镜架在鼻梁上，透过眼镜看着斯佩德，问：“是谁杀死的瑟斯比？”

斯佩德说：“我不知道。”

布赖恩揉搓着夹鼻眼镜的黑丝带，若有所思地说：“也许你确实不知道，但是你一定能作出精彩的猜测。”

“也许吧，可我不愿意去猜测。”

地方检察官扬起了眉毛。

“我不愿意去猜测。”斯佩德重复道，语气十分平和，“我的猜测可能很精彩，也可能毫无价值，但是斯佩德没有那么愚蠢，竟会当着一位地方检察官、一位助理检察官和一名速记员的面作出猜测。”

“如果你没有什么不可告人的秘密，为什么不能大胆地去猜测呢？”

斯佩德和气地答道：“每个人都有隐私。”

“你也有——”

“比方说，我需要隐瞒我的猜测。”

地方检察官低头看了看办公桌，然后抬起头来看了看斯佩德。他把鼻梁上的眼镜架稳，说：“如果你不希望速记员在场，那么我们可以请他出去。我刚才叫他来，只不过是为了方便起见。”

“我才不在乎他呢！”斯佩德答道，“我倒是愿意让你们把我说的全都记录下来，然后在上面签字。”

“我们并不打算让你签字，”布赖恩安慰着他，“你不要以为这是一次正式的审讯。警方看来对此已经有了一些成见，我们是不会相信这些成见的。”

“你不相信？”

“一点儿都不相信。”

斯佩德叹了口气，跷起了二郎腿。“听你这么一说，我很高兴。”他在口袋里摸着烟丝和卷烟纸，“那么，你是怎么认为的呢？”

布赖恩倾身向前，镜片后面的眼睛闪着坚定的光芒。“只要你告诉我阿彻是在替谁跟踪瑟斯比，我就告诉你是谁杀了瑟斯比。”他说。

斯佩德轻蔑地一笑。“你和邓迪一样，犯了致命的错误。”他说。

“别误会我的意思，斯佩德，”布赖恩一面说，一面用自己的指关节敲了敲桌子，“我不是说你的委托人杀了瑟斯比，或者说你的委托人指使什么人杀了瑟斯比。我的意思是说，我只要知道你的委托人是谁，就能马上知道是谁杀了瑟斯比。”

斯佩德把烟从嘴上拿开，喷出一股长长的烟雾，困惑地说：“我仍然不明白你的意思。”

“你不明白？那么我换个方式说吧！迪克西·莫纳汉在哪儿?”

斯佩德依旧是一脸困惑。“用这种方式说也没用，”他说，“我仍然是一头雾水。”

地方检察官摘下眼镜，挥动着眼镜以加强语气。他说：“我们知道瑟斯比是莫纳汉的保镖，当年莫纳汉发现情况不妙，打算逃离芝加哥的时候，就是瑟斯比跟他一块儿跑的。我们知道莫纳汉出走时赖掉了二十多万美元的赌债。到目前为止，我们还不知道债主是些什么人。”他重新戴上眼镜，狞笑着，“不过我们都很清楚，如果那个赖账的赌棍或者他的保镖被债主们找到了，会是什么下场。”

斯佩德舔了舔嘴唇，咧开嘴，露出难看的笑容。他的眼睛在皱起的眉毛下面闪闪发光，露在衣领外面的脖子显得又红又粗。他说话的声音低沉、沙哑，火气十足。“啊，你怎么想？究竟是我替债主们杀了他呢，还是找到他之后，让债主们亲手杀了他呢?”

“不，不！”检察官抗议道，“你误解我了。”

“但愿是误解。”斯佩德说。

“他不是那个意思。”托马斯说。

“那他是什么意思?”

布赖恩挥了挥手说：“我不过是说，你可能是在不明就里的情况下被卷了进去。那可能会——”

“我懂了，”斯佩德冷笑道，“你认为我不是刁蛮，而是愚蠢。”

“胡说。”布赖恩坚持道，“比方说，有个人到你们侦探社去告诉你，他们有种种理由认为莫纳汉就在此地，请你帮忙寻找莫纳汉。此人可能给你编造个假故事——这种故事人人都会编——或者就说莫纳汉欠了人家的债跑掉了，详细情况却不告诉你。那么，你怎么会知道这里面究竟有什么猫儿腻呢？你又怎么能肯定这不是一次普通的调查呢？在这种情况下，你当然不可能对此事负责，除非——”他把嗓音压低了，这种嗓音能给人以更深的印象，“假如你隐瞒了自己对凶手身份的了解，或者隐瞒了足以找到凶手的线索，那么你就成了凶手的同谋。”

斯佩德脸上的愤怒消失了。他心平气和地问：“这就是你的意思？”

“一点儿不错。”

“好吧。这么说，你没有恶意。不过，你错了。”

“证明给我看！”

斯佩德摇了摇头说：“我现在无法证明，不过我可以把事实告诉你。”

“那就告诉我吧。”

“没人雇我去办理任何有关迪克西·莫纳汉的事情。”

布赖恩与托马斯交换了一下眼色。布赖恩的目光回到了斯佩德身上，他说：“不过，据你自己承认，确实有人雇你办理有关他的保镖瑟斯比的事。”

“是的，办理有关他的前保镖瑟斯比的事。”

“前？”

“是的，前。”

“你知道瑟斯比已经不再与莫纳汉有关了吗？你能绝对

肯定这一点吗?”

斯佩德伸出手，把烟头扔进桌上的烟灰缸，漫不经心地说：“别的事我不能绝对肯定，我能绝对肯定的是，我的委托人对莫纳汉不感兴趣，准确地说是对莫纳汉从未感过兴趣。我听说，瑟斯比陪莫纳汉到远东去以后，就同他失散了。”

地方检察官与他的助手又交换了一下眼色。

托马斯说话了，他那实事求是的语调掩饰不住他内心的激动：“这倒不失为一个新视角，莫纳汉的一帮朋友可能由于瑟斯比抛弃了莫纳汉而干掉他。”

“赖账的赌棍不会有朋友。”斯佩德说。

“现在开启了两条新思路。”布赖恩说。他靠在椅子上，目不转睛地往天花板上望了好几秒钟，然后迅速坐直了身体。他像雄辩家一样扬扬自得。“这件事可以归纳为三种推论。第一，瑟斯比是被芝加哥那些赌棍杀死的，因为莫纳汉赖掉了他们的赌账。他们不知道瑟斯比已经脱离了莫纳汉，或者不相信他脱离了莫纳汉。他们杀死他，是因为他曾经是莫纳汉的马仔。他们也可能以为，除掉他就可以找到莫纳汉了。他们杀死他，还有可能是因为他拒绝带他们到莫纳汉那里去。第二，他被莫纳汉的朋友杀死。第三，他把莫纳汉出卖给了他的仇家，然后又跟他们吵翻了，于是他们就把他干掉了。”

“或者，第四，”斯佩德快活地微笑着建议道，“他老死了。你们二位不会是认真的吧!”

两个人都瞪着他，可谁也不说话。斯佩德笑着看看这个，又看看那个，以一种嘲讽的怜悯神态摇了摇头。“你们八成满脑子都是大赌棍阿诺德·罗思斯坦①的故事。”他说。

布赖恩用左手手背击打了一下右手掌心。“三种推论，其中之一就是真相。”他语音中的力量已经不再是潜在的了。他的右手握成拳，只伸出一根食指，指向斯佩德的胸口，又猛然停了下来。“而你能够给我们信息，帮我们确定哪一种推论是真相。”

斯佩德说：“是吗?”口气非常懒散。他脸色阴沉，用一根手指一会儿摸摸下唇，一会儿搔搔后脖颈。由于恼怒而产生的细纹出现在他的前额上。他从鼻孔里粗重地出着气。他的声音是一种愤怒的咆哮：“我能提供给你们的信息，你不肯要，布赖恩。你不可能使用它，因为它会使你的赌徒因报复而说自己破产了。”

布赖恩坐直了身体，挺起了胸。他嗓音不高，语调却很严厉：“这个用不着你来判断。不管对与错，我都是地方检察官。”

斯佩德咧开嘴，露出上犬齿：“我还以为这是一次非正式的谈话呢。”

“我无时无刻不是一名宣过誓的司法官员。”布赖恩说，“无论是正式的谈话，还是非正式的谈话，你都无权拒绝向我提供犯罪证据。当然了，除非——”他意味深长地点了点头，“你有一定的法律依据。”

“你的意思是，我也有可能被定罪吗?”斯佩德问。他声音平静，几乎是被逗乐了，可他的脸色却不是很好看。“是啊，我的依据比这个更充分，或者说这些依据更适合我。我

① 阿诺德·罗思斯坦（1883—1928）：美国纽约著名赌徒。

的委托人有权保留相当一部分秘密。也许我会被传去向大陪审团进行陈述，甚至向验尸陪审团进行陈述，但是到目前为止，他们都没来传我。毫无疑问，不到万不得已之时，我是不会把我委托人的事情广而告之的。再说，你们和警方都指责我卷入了那天晚上的凶杀。以前你们这两个衙门都给我找过麻烦。我认为，要摆脱你们试图给我制造的麻烦，最好的办法就是把杀人犯捉拿归案。而我要想抓住他们，将他们捉拿归案、绳之以法，唯一的办法就是躲开你们和警察，因为你们两方面似乎都不了解事情的真相。”他站起身，回过头对速记员说：“都记录下来了吗，小子？还是我说得太快，你没记下来？”

速记员惊慌地看着他，回答说：“不，先生，我全记下来了。”

“干得不错。”斯佩德说。他转向布赖恩：“如果你现在要到司法委员会去，告诉他们我妨碍司法，要他们吊销我的执照，那就尽管去好了。你以前也试过，结果什么也没捞到，只落得贻笑大方。”他拿起了自己的帽子。

布赖恩开口说：“可是你听着……”

斯佩德说：“我不愿意继续进行什么非正式的谈话了。我对你无可奉告，对警察也无可奉告，衙门里的糊涂蛋全都来指控我，我真是烦透了。如果你想见我，那就拘留我，或者给我发传票，诸如此类。我会带我的律师来的。”他戴上了帽子，“审讯时见，也许。”说罢，他昂首阔步地走了出去。

第十六章 第三桩命案

斯佩德走进萨特旅馆，往亚历山德里亚旅馆打了个电话。古特曼他们那伙人一个都没在。斯佩德往观景殿旅馆打了个电话，凯罗也没在房间，他一整天都没回来过。

斯佩德去了自己的侦探社。

一个衣着引人注目的黑胖子正在外间办公室里等他。埃菲·佩林指着黑胖子说："这位先生想见你，斯佩德先生。"

斯佩德微笑着欠了欠身，打开了里间办公室的门。"请进。"他跟随这个人进去之前，问埃菲·佩林："那件事有消息吗？"

"没有，先生。"

黑胖子是市场街一家电影院的老板。他怀疑自己的一名出纳和一个看门人沆瀣一气，一起坑他。斯佩德匆匆地听完他的叙述，答应过问此事，向他开价五十美元。收下钱之后，不到半个小时就打发他走了。

电影院老板刚走出房间，关上通往走廊的房门，埃菲·佩林就走进了里间办公室。她显得忧心忡忡、满腹狐疑。“你还没找到她?”她问。

他摇了摇头，用手指头轻轻地揉着青肿的太阳穴。

“怎么样?”她问。

“没事，就是头疼。”

她绕到他背后，把他的手拿开，用纤细的手指按摩他的太阳穴。他往后靠着，直到椅背上方的脑袋枕在了她的胸脯上。他说：“你真是个天使。”

她朝他低下头，看着他的脸。“你一定要找到她，山姆。已经一天多了，而她……”

他动弹了一下，不耐烦地打断了她的话：“没有什么事是我一定要做的。不过，你要是让我这要命的脑袋休息上一两分钟的话，我自会出去找她。”

她嘀咕了一句“可怜的脑袋”之后，默默地给他按摩了一会儿，然后问道：“你知道她在哪儿吧？你心里有数吧?”

电话铃响了。斯佩德拿起话筒，说：“喂……是的，希德，没事了，谢谢……不……当然了。他蛮不讲理，我和他针尖对麦芒……他认定是赌徒火并……啊，我们分手的时候可不是笑脸相向。我亮明了自己的观点，撇下他就走了……你担心的就是这个……好吧，再见。”他挂断电话，仰靠在椅子上。

埃菲·佩林从他背后走过来，站到他旁边，问道：“你知道她在哪儿吗，山姆？”

“我知道她去哪儿了。”他用一种怨恨的口吻回答道。

“去哪儿了？”她激动起来。

“到那条起火的船上去了。”

她两眼睁得大大的，直到露出包围着棕色瞳仁的整个眼白。“你去了那儿……”她不像是在提问。

“我没去。”斯佩德说。

“山姆！”她生气地叫道，“她也许会——”

“她去了那儿，”他粗暴地说，“没有人送她去。她得知这条船抵港了，就没去你家，直接上了船。咳，管她呢！难道我的委托人走到哪儿我就应该跟到哪儿，求他们让我来帮助他们吗？”

“可是，山姆，当时我就告诉你，那条船起火了！”

“那时是中午，我已经约好了波尔豪斯，而且要见布赖恩。”

她那紧绷的眼睑之间，两个眸子直勾勾地瞪着他。“山姆·斯佩德，”她说，“你耍起无赖来，简直卑鄙无耻到了极点。就因为她没跟你打招呼，私自行事，你便袖手旁观。你明明知道她处境危险，明明知道她有可能会——”

斯佩德满脸通红，固执地说：“她非常会照顾自己，在需要帮助的时候，在时机成熟的时候，她知道到哪儿去寻求帮助。”

“这是在泄私愤！”姑娘喊道，“因为她没有告诉你而独自行动，你就火了！她为什么不应该独自行动？你也不是那么诚实嘛！你也没对她开诚布公，使她完全信任你呀！”

斯佩德说：“你说够了吧！”

她的眼里掠过一丝不安。她抿了抿嘴，说：“如果你不马上去那儿，山姆，我就带着警察去那儿。”她声音颤抖、断断续续，隐隐带着哭腔，“哦，山姆，去吧！”

他站起身，叽里咕噜地骂了她几句，然后说：“天哪，坐在这儿听你瞎唠叨，都快烦死啦！还是到外面走走好一些。”他看了看手表，“你还是锁上门，回家去吧。”

她说：“我不回家，我要在这儿等你回来。”

他说：“随你的便。”说罢，戴上了帽子。由于疼痛，他又把帽子摘了下来，拿在手里走了出去。

一个半小时以后，下午五点二十分，斯佩德回来了。他十分高兴，一进门就说：“你怎么变得这么难缠啊，心肝儿？”

“我？”

“对，就是你。”他用手指头点着埃菲·佩林的鼻子，把鼻子按扁。他双手放在她的胳膊肘下面，把她拎了起来。他亲吻了她的下巴，又把她放下了。他问道：“我不在的时候有什么事吗？”

“卢克——他姓什么来着？就是观景殿旅馆的那个人！他打电话来说，凯罗回来了。电话是半个小时以前打的。”

斯佩德突然闭上嘴，转过身去，大踏步地朝房门走去。

“你找到她了吗？”姑娘叫道。

“等我回来再告诉你。”他丝毫没有停下来的意思，匆匆地走了出去。

斯佩德从侦探社里出来，叫了辆出租车，用了不到十分钟就赶到了观景殿旅馆。他在大堂里找到了卢克。这位旅馆保安经理一面咧着嘴笑，一面摇着头，迎着斯佩德走了过来。“你来晚了一刻钟，”他说，“你的猎鹰已经飞了。”

斯佩德连声咒骂自己运气不好。

“他结完了账，拿着行李就走了。”卢克说。他从胸前的口袋里掏出了一个破旧的记事本，舔了舔大拇指，一页一页地翻，然后把翻开的记事本递到了斯佩德面前。

“这是拉他的那辆出租车的车牌号。我只能为你提供这个。”他说。

“谢谢。”斯佩德把号码抄在了一个信封的背面，“知道他要到什么地方去吗？”

“不知道。他只是拎着手提箱进来，上楼去收拾东西，下来的时候带着行李，结完账就叫了辆出租车走了，谁也听不见他对司机说了些什么。”

“他那只皮箱呢？”

卢克的下嘴唇耷拉下来。“天哪，”他说，“我忘记这个了！看看去！”

他们俩走上楼，来到凯罗的房间。皮箱还在，关着，没有上锁。他们打开箱盖，发现箱子是空的。卢克说：“你是怎么知道的？”

斯佩德什么话都没说。

斯佩德回到了自己的侦探社。埃菲·佩林探询地望着他。

“没追上他。”他嘟囔着从她身边走过，进了自己的办公室。

她跟着他走了进来。他坐到自己的椅子上，动手卷起烟来。她坐在他前面的办公桌上，用脚蹬着他座椅的一角。

“奥肖内西小姐怎么样了?”她问。

“我也没遇到她,”他答道,“不过她去过那儿了。”

“上过‘鸽子号’?”

“这条船的名字真拗口。”他说。

“别扯没用的!听话,山姆,告诉我这是怎么回事。”

他点上烟,揣起打火机,拍了拍她的小腿,说:“是的,上过‘鸽子号’。她是昨天中午十二点多到的船上。”他皱起了眉头,“这意味着,她在轮渡大厦下了出租车,便直接到了船上。船离轮渡大厦没多远。船长不在船上。他名叫雅各比,她指名道姓地要找他,而他恰好有事进城了。这说明他没料到她会来,至少没料到她会在这个时候来。于是她就在船上等他,一直等到下午四点钟,他才回来。他们俩一直待在船长室里。到了开饭的时间,他们一起吃了晚饭。”

斯佩德吸了口烟,又喷出来,把头扭向一边。他吐掉沾在嘴唇上的一根烟丝,接着往下说:“吃完晚饭,又有三位客人前来拜访船长雅各比。一位是古特曼,一位是凯罗,还有一位是昨天替古特曼给你捎口信来的那小子。这三个人是一起来的,当时布丽姬也在。他们五个人在船长室里谈了很长时间。我从船员们口中没打听出什么,只知道他们吵了一架。夜里十一点来钟,从船长室里传来一声枪响。守夜人赶紧跑过去,可是船长在舱房外拦住他,说没啥事。我看见船长室的一个角落里有个新弹孔。从高度来分析,大致可以断定,子弹没打中人。据我了解,只开了一枪。不过,我了解到的情况并不多。”

他沉着脸,又吸了一口烟。“啊,他们是在半夜走的。船长和四个客人是一起走的。他们走起路来似乎都很正常。

我是听守夜人说的，还没找到昨晚在那儿值班的海关人员。情况就是这样。船长后来一直没有回到船上。今天中午，他本来约好与几个货运代理商见面，结果失约了。船员们要找他报告失火的事儿，也没找到。”

“那么失火是怎么回事呢？”她问。

斯佩德耸了耸肩，说：“我不知道。他们发现火是从货舱里起的，靠近船尾，在后面的底舱——今天快中午的时候发现的。很有可能昨天就起火了。大家已经把火扑灭了，不过损失可不小。船长不在，没人愿意提这事。这是——”

通向走廊的门开了。斯佩德闭上了嘴。埃菲·佩林从桌上跳下来，可是没容她伸手去拉里外间办公室之间的那扇门，一个男人便推开了门。

“斯佩德在哪儿？”那个男人问。

听到他的声音，斯佩德立刻把身子坐直，警觉起来。这声音刺耳且沙哑，看来说话的人十分难受，是费了好大劲儿才使得这声音没有被他自己喉咙里咕噜咕噜响的声音压下去。

埃菲·佩林被吓蒙了，赶紧给这个人闪开一条路。

他站在门口，头上的软帽子挤在门顶框上。他身高足有两米，身上的黑色大衣又长又直，像一个剑鞘。纽扣从喉咙处一直扣到膝盖处，使他越发显得瘦削。他的肩膀又宽又薄，见棱见角。他那骨感的脸庞由于饱经风霜而皮肤粗糙、皱纹密布，呈湿沙子的颜色。他的面颊和下巴上汗水淋淋。他那狂躁的黑眼睛里布满了血丝。他的下眼皮耷拉着，露出里面粉红色的黏膜。黑色衣袖下面露出一只发黄的手，紧紧地把一个系着细绳的棕色纸包抱在胸前。纸包是椭圆形的，比橄榄球大一些。

高个子男人站在门口，没有迹象表明他看见了斯佩德。他说："你知道——"这时，他喉咙里又咕噜咕噜地响了起来，把下面的话全都盖住了。他把另一只手放在拿着纸包的那只手上，僵硬地挺直身体，像一棵树一样朝前倾倒，甚至没有伸手去防止自己倒下。

斯佩德虽然脸上毫无表情，但是动作很灵敏。他一跃而起，一把抓住了这个跌倒的男人。斯佩德抓住他的时候，这个人张开嘴，喷出一口血来。棕色的纸包从他手里滑落，滚过地板，一直滚到办公桌边，被桌腿挡住了。随后，此人双膝弯曲，腰也弯了下来，裹在那件剑鞘般大衣里的瘦身子一下子变得柔软了，倒在斯佩德的怀里，斯佩德扶都扶不起来。

斯佩德小心地把他放下，直到他侧躺在地板上。此人的眼睛睁得大大的，一动也不动。他的眼睛依然乌黑，布满了血丝，眼神却不再狂躁。他的嘴还像刚才喷血时那样张着，却没有血往外冒了。他那瘦长的身躯就像他所躺着的地板一样，一动不动，了无生气。

斯佩德说："锁上门。"

就在埃菲·佩林上下牙打着架、手忙脚乱地锁上通往走廊的房门之际，斯佩德跪在瘦男人身边，把他翻过来，让他仰面朝天。他把一只手伸进瘦男人的大衣里面摸索着。他把手抽出来时，手上沾满了鲜血。血淋淋的手并没有使斯佩德的面孔产生哪怕是片刻的变化。他空举着这只手，用另一只手从兜里掏出自己的打火机，打着火，把火苗凑到此人的一只眼睛处，然后凑到另一只眼睛处。两只眼睛——眼睑、眼球、虹膜、瞳仁——都像结了冰一样，一动不动。

斯佩德熄灭火苗，将打火机揣回兜里。他双膝跪地，挪到死人身边，用那只干净的手解开并掀起了那件管状大衣。大衣里面鲜血淋淋，双排纽扣的蓝色上衣都被血给浸透了。上衣的两个翻领在胸前交叉重叠之处，以及这之下的两侧衣服上，布满了血窟窿。

斯佩德站起身，来到外间办公室的洗脸盆处。

埃菲·佩林面如白纸，浑身发抖，一只手抓着通往走廊房门的门柄，后背靠在门玻璃上，站直了身体。她低语道："他——他——"

"是的，子弹穿过胸膛，连中了十几枪。"斯佩德开始洗手。

"咱们应该——"她张口说道。他立刻打断她："现在叫医生为时已晚，我得好好想想咱们该怎么办。"他洗完手，开始刷盆子，"他挨了这么多枪，不可能走这么远。如果他——他怎么就没能多站一会儿，说点儿什么？"他皱着眉头，又洗了洗手，拿起一条毛巾，"打起精神。拜托了，别朝我干哕！"他扔下毛巾，用手指头胡噜了几下头发，"咱们来看看那个包裹吧。"

他再次走进里间办公室，迈过死人的双腿，捡起那个棕色的纸包，掂了掂分量，眼睛亮了起来。他把纸包放在办公桌上，翻转过来。这样一来，绳子打结的地方就朝上了。绳结又紧又死。他掏出兜里的小刀，割断了绳子。

姑娘离开了房门，侧着脸绕过死人，来到斯佩德身边。她双手扶着桌角，站在那里，看着他扽开绳子，揭开棕色的包装纸。这时，兴奋的表情开始取代她脸上的痛苦表情。"你认为会是什么？"她悄声问。

“咱们马上就会知道。”斯佩德说着，用粗壮的手指头剥开那层棕色的包装纸。外面那层棕色的包装纸被揭去之后，露出了里面的灰纸。灰纸足足裹了三层。他面部表情刚毅而沉稳，眼睛闪闪发光。灰纸全部被揭开时，里面是一个用灰白色细刨花塞得紧紧的蛋形物体。他用手指刨开填充物，一尊三十多厘米高的猎鹰的雕像露了出来。它像煤一样乌黑，没沾上木屑和刨花的地方闪闪发光。

斯佩德哈哈大笑起来。他把一只手放在猎鹰的雕像上，五指大张地抚摸着它。他用另一只胳膊搂着埃菲·佩林，把她的身体搂过来，紧紧地贴在自己身上。“咱们终于把它搞到手了，宝贝儿!”他说。

“哦!”她说，“你弄疼我了!”

他放下胳膊，双手捧起这尊猎鹰的雕像，摇了摇，把沾在上面的刨花抖掉，然后退后一步，把它捧在面前，吹掉上面的木屑，扬扬得意地打量着它。

埃菲·佩林满脸惊恐地尖叫了一声，指着他的脚。

他看了看自己的双脚。原来，刚才他退后一步时，左脚跟踩到了死者的手上，鞋跟把一小块掌边的肉踩到了地板上。斯佩德连忙把脚从死者的手上缩了回来。

电话铃响了起来。

他朝姑娘点了点头。她转向办公桌，拿起话筒，贴在耳朵上。她说：“喂……是啊……谁？……哦，对!”她睁大了眼睛，“好……好……别挂断……”她突然张大嘴巴，一副害怕的样子，喊道：“喂！喂！喂!”她使劲儿拍打着话筒，又喊了两声，然后抽抽搭搭地转过身来，面对着斯佩德。斯佩德这时已经来到了她身边。“是奥肖内西小姐!”她发疯似的说，“她需要你！她现在在亚历山德里亚旅馆——有危险。她的声音——声音可吓人呢，山姆！她话还没说完就挂断了电话，好像出了什么事。快去救她吧，山姆！”

斯佩德把猎鹰的雕像放到办公桌上，板着脸，神色阴郁。“我得先处理这家伙。”他说着，用大拇指点着地板上的瘦长尸身。

她用双拳在他的胸脯上捶着，喊道：“不行，不行，你一定得先到她那儿去！难道你不明白吗，山姆？他拿的这个东西就是她的，他拿着它来你这儿。你还不明白吗？他是帮她的，他们杀了他，而现在她——哦，你一定得赶紧去！”

“好吧，”斯佩德把她推开，朝办公桌弯下腰，把猎鹰的雕像放回那堆刨花里，裹上纸。他干得很快，弄出了一个比原先大了些的蠢笨的包裹。“我一走，你就打电话给警察局，把事情的经过告诉他们，但别提任何人的名字。就说我接到了一个电话，接完电话就说要出去一趟，但没说去哪儿。”他咒骂着那根缠在一起的绳子，使劲儿把绳子扽直，开始捆包裹，“忘掉这东西！把事情的经过一五一十地告诉他们，就是别提他拿来的这包东西，”他咬着下嘴唇，“除非他们逼你说。如果看上去他们已经知道了这件事，你就只好承认了。可是这不太可能。如果他们真那么问，你就说我把东西原封不动地带走了。”他打好结，把包裹竖起来，夹在左腋下，“你就老老实实地说吧！事情是怎么样，就怎么说，就是别提这玩意儿，除非他们已经知道了。不必否认，只要别提起就行了。还有，是我接的电话——不是你。你不知道与这家伙有关的任何人和任何事！明白了吗？”

“明白了，山姆。你知道他是谁吗？”

他像狼一样地咧嘴一笑。“哦，”他说，“我猜他就是‘鸽子号’的主人——雅各比船长。”他拿起帽子，戴上，若有所思地看了看尸体，又四处望了望。

“快走吧，山姆！”姑娘央求道。

“当然，”他心不在焉地说，“我会赶快走的。趁警察没来，你最好把地板上那几片刨花扫掉。还有，你也许应该跟希德联系一下。不，”他摸着自己的下巴，“还是先别把他扯进来，这样要好一些。我把门锁上，他们来了你再开。”他把手从下巴上放下来，摸了摸她的脸蛋儿，“你真是个好人，妹子！”说罢，他走了出去。

第十七章 星期六的晚上

斯佩德把包裹轻夹在腋下，敏捷地行走着，只有眼睛不停地转动，充满了警惕。他从办公楼里出来，没直接上大街，而是穿过一条小巷和一个狭窄的院子，来到卡尼街和波斯特街的交会处，叫住一辆路过的出租车。

出租车把他送到第五街的匹克威克公共汽车终点站。他把猎鹰的雕像存在那里的行李房，把存单放进一个贴好邮票的信封，在信封上写上“霍兰先生启”，并写上旧金山的一个邮政信箱的号码，然后封上口，投入邮箱。他在公共汽车终点站重新叫了一辆出租车，来到亚历山德里亚旅馆。

斯佩德来到十二层C室，敲了敲门。一个身穿黄色闪光晨衣的金发小姑娘给他开了门。小姑娘脸色惨白、目光呆滞，双手使劲儿抓着里面的门柄，喘着气说：“斯佩德先生吗?”

斯佩德说：“是。”看见她要往下倒，他赶紧上前搂住了她。

她仰面倒在他的胳膊上，身体弯曲，脑袋直直地向后垂着，以至于一头金色的短发从头顶披散下来，修长的脖子呈弧形。

斯佩德把托着她的那只手一点儿一点儿地向上挪到她的脊背处，弯下腰，把另一只手放到她的膝盖下面，想抱起她来。可是她扭来扭去地反抗着，张开的嘴唇几乎不动弹。从她嘴里发出含混的声音：“不！妈妈，不!”

斯佩德用脚一蹬，把门关上，扶着她在那间铺有绿色地毯的房间里来回走着。他搂着她娇小的身体，一只手插在她的腋下，另一只手紧紧地攥着她的胳膊。她每次要跌倒，他都扶住她，不让她摇晃。他不断地督促她往前走，让她那打晃的双腿尽量承担起身体的重量。他们就这样来回走着。姑娘摇摇晃晃，不协调地迈着步子。斯佩德沉着地用脚掌保持着平衡，丝毫不受她摇晃的影响。她脸色惨白，闭着眼睛，而他则绷着脸，眼神变得冷峻，留意着四面八方。

他声音单调地对她说：“这就对了。左、右、左、右……这就对了……一、二、三、四……现在咱们掉头往回走。”他们从墙根处转回来时，他推了推她，“现在再走过去。一、二、三、四……把头抬起来！这就对了……乖丫头……左、右、左、右……现在咱们掉头往回走。”他又推了推她，“这才是乖丫头！走啊……一、二、三、四……转个圈儿。”他推得更加用力，并且加快了脚步，“这就对了。左、右、左、右……咱们得快些！一、二、三……”

她哆嗦着，用力咽着唾沫。斯佩德开始按摩她的胳膊和身体两侧，并且把嘴贴近了她的耳朵：“这样很好，你走得好极了！一、二、三、四……再快点儿……把脚抬起来、放下……这就对了。现在咱们往回走……他们把你怎么了？给你吃了迷魂药？是不是给我吃的那种？”

她那双棕色的眼睛暗淡无神，眼睑抽搐了一下，努力说了声“是”，声音微弱、含混不清。

他们继续在屋里走来走去。姑娘现在几乎是小跑着才跟得上斯佩德。斯佩德不断地隔着黄色丝绸衫拍她、捏她，并且不停地和她说话。他的眼神依然冷漠。“左、右、左、右……转身。这才是乖丫头……一、二、三、四……抬起头来……这就对了……”他说。

她的眼皮张开一条缝，眼珠在眼皮下面无力地来回移动着。

“这样很好，”他声音清脆地说，“把眼睛睁开！睁大——再睁大！”他推了推她。

她抗拒地呻吟着，眼睛睁大了些许，但依然暗淡无光。他扬起手，接连打了她五六个耳光。她又呻吟起来，试图挣脱他。他用胳膊揽着她，拖着她从房子的一端走到另一端。

“继续走！”他用刺耳的声音命令道，然后问：“你是谁？”

“雷娅·古特曼。”她的声音虽然沙哑，却还听得清。

“古特曼的女儿？”

“是。”这回的这个“是”总算比刚才的那个“是”说得清楚了些，尽管仍然拖泥带水。

“布丽姬在哪儿?”

她在他的怀里扭动着,双手猛地抓住了他的一只手。他迅速地把手抽出来,看了看,发现手背上有一道四五厘米长的划痕。

“你在搞什么鬼?”他咆哮着查看她的双手。左手是空的。他强迫她张开右手,只见右手的手心里有一根七八厘米长、顶端镶有玉石的钢制别针。“你在搞什么鬼?”他又咆哮起来,把别针举到她眼前。

她一看见别针,立刻呜咽起来,同时撩起了晨衣。晨衣里面是一件乳黄色的睡衣。她把睡衣拉到一旁,露出了左边乳房下的肉体。只见雪白的皮肤上全是纵横交错的细细的划痕,还有许多小红点儿——全都是用这根别针弄出来的。“为了别睡着……行走……直到你来……她说你会来……这么久。”她摇晃着。

斯佩德用胳膊搂紧她,说:“继续走。”

她在他的手臂里挣扎着,扭过头面对着他:“不行了……告诉你……我要睡觉……去救她……”

“救布丽姬?”他追问道。

“对……带她去了……伯林盖姆……安柯……二十六号……快去……来不及了……”她的头歪倒在了他的肩膀上。

斯佩德粗暴地把她的头扶起来:“谁带她去那儿的?你老爸?”

“是的……威尔默……凯罗。”她扭动着身子,眼皮抽搐着,可就是睁不开眼睛,“……会杀死她。”她的头又歪倒下来。他再次把她的头扶了起来。

“是谁开枪打死了雅各比?”

她似乎没听见这句问话。她拼命想抬起头、睁开眼。她含混地说:“快去……她……”

他粗暴地推了推她:“别睡着,等医生来!”

恐惧使得她睁开了眼睛,脸上迷茫的神情消失了。“不,不!”她声音沙哑地喊道,“爸爸……会杀我……你千万别……他会知道的……我那么做……是为她……答应我……别……睡觉……好了……早上……”

他推了推她:“你能肯定睡一觉药性就会过去吗?”

“嗯。”她的头再次耷拉下来。

“你的床在哪儿?”

她试图抬起一只手,可使了半天劲儿也抬不起来。她就像个累坏了的孩子,叹了口气,整个身体松弛下来,瘫倒了。

斯佩德在她瘫软之际,一把将她抱住,就势把她抱到胸前,朝三扇门中最近的一扇门走去。他把门柄扭转到锁舌缩回的程度,然后用脚把门踢开,走入了过道。这条过道的一侧是敞开着门的卫生间。过道通往一间卧室。他朝卫生间里看了看,里面空荡荡的。于是,他径直把姑娘抱进了卧室。卧室里也没有人。从眼前的衣物和五斗橱上的东西看,这是间男人的卧室。

斯佩德抱着姑娘回到那间铺有绿色地毯的房间,试着从对面那扇门进去,走进另一条过道,从另一个空荡荡的卫生间敞开的门前经过,走进了一间卧室。从陈设上看,这是女人住的房间。他掀开床罩,让姑娘躺在床上,替她脱下拖鞋,然后把她的身体抬起了一点儿。他脱下她那件黄色的晨衣,往她的脑袋底下塞了个枕头，给她盖好了被子。

然后，他打开了房间里的两扇窗户，背对着窗户，注视着熟睡的姑娘。她呼吸沉重，不过已经安静了下来。他皱着眉头，四下张望，紧闭着双唇。此时已是暮色朦胧。他在微弱的光线里站了大约五分钟。最后，他终于不耐烦地耸了耸厚实的溜肩膀，走了出去，没有关上套房外间的门。

斯佩德来到鲍威尔街的太平洋电话与电报公司营业厅，往达文波特街二〇二〇号打了个电话。“请接急救中心……喂，亚历山德里亚旅馆十二层C室有个姑娘中毒了……对，你们最好派个人来看看……我是亚历山德里亚旅馆的胡珀先生。”

他挂上电话，哈哈大笑起来。他拨了个号码，说：“喂，弗兰克，我是山姆·斯佩德……你能给我派辆车吗？司机要嘴严点儿……我现在要去半岛……只要两三个钟头……对，让他到埃利斯街的约翰烤肉店来接我，越快越好！”

他又拨了个号码，是他自己侦探社的号码。他把话筒贴在耳边听了一会儿，什么都没说就将话筒放了回去。

他来到约翰烤肉店，叫跑堂的赶快给他上排骨、烤土豆和西红柿片。他匆匆吃完之后，一边喝咖啡一边抽烟。这时，一个还算年轻的壮汉走进烤肉店，来到了他身边。此人歪戴着一顶方格呢便帽，生着一双浅色眼睛和一张皮糙肉厚的快活面孔。

“一切准备就绪，斯佩德先生。车子加满了油，就等着出发了。”

“好极了！”斯佩德喝干咖啡，跟着壮汉一起走了出去，

“知道伯林盖姆那边有叫安柯街或是安柯路、安柯道的地方吗?”

“不知道。不过只要有这条街道，咱们就不愁找不到。”

“那就找找去。”斯佩德一边说着，一边钻进这辆“凯迪拉克”牌黑色轿车，坐到了司机旁边，“咱们要找的门牌是二十六号。越快越好，不过咱们别停在大门口。”

“好的。”

他们默默无语地开车经过了六个街区。司机说：“你的合伙人被人干掉了，对吧，斯佩德先生?”

“嗯。”

司机咂了咂舌说：“这是个危险的职业。你不如改干我这行算了。”

“啊，出租车司机也不能长生不老。”

“这话也许不错，”壮汉勉强承认道，“不过，尽管如此，我也不相信自己活不长。”

斯佩德茫然地盯着前方。司机问他话，他一概漠然地回答“是”或“不是”，直到司机也觉得无趣，不再多问。

司机在伯林盖姆的一家药店里打听到了去安柯道的路线。十分钟后，他把轿车停在了一个黑暗的路口附近，灭了灯，朝前方的街区挥了挥手，说：“就是那儿，应该是在道路的那一侧，大概是第三或第四栋房子。”

斯佩德说了声“好”，便下了车。“别熄火，说不定咱们得马上离开。”他叮嘱道。

他穿过道路，顺着街道的另一侧朝前走去。远处有一盏路灯孤零零地亮着。更加温暖的灯光是从道路两侧的房子中发出的，点缀着夜色。道路的这一侧有六幢房子，彼此都保持着一定的距离。一弯新月高挂，就像远处的路灯一样，冷冷清清，光线暗淡。道路对面有一栋房子的窗户敞开着，传出收音机的声音。

斯佩德在从路口算起的第二幢房子前面停了下来。眼前是两根与栅栏相连接的大得不成比例的粗大的门柱。在其中的一根门柱上，白色金属的“二”字和“六”字在幽幽的夜色中隐约可辨。门柱上钉着一张白色的方形卡片。他把脸凑到卡片跟前才看清，原来是一个“出售或出租”的招贴。两根门柱之间没有大门。斯佩德顺着水泥铺的小路向房子走去。走到门廊的台阶下面时，他在小路上默默地站了好一会儿。房子里黑乎乎的，寂静无声。房门上钉着一张白色的方形卡片。

斯佩德走到门口，侧耳倾听，什么声音都没有听见。他试图透过门上的玻璃往里窥视。虽然没有帘子挡住视线，可是里面漆黑一片。他踮着脚尖走到一扇窗前，然后走到另一扇窗前。谁知窗户也像门一样，虽然没有帘子遮挡，但里面也是漆黑一片。他推了推那两扇窗户，发现全都锁着。他又推了推门，发现门也锁着。

他离开门廊，在黑暗的陌生地面上小心地迈着步子。他蹚过野草，围着房子转了一圈。房子侧面的窗户都很高，站在地上够不着。后门和他够得着的后窗户都锁着。

斯佩德返回门柱处，双手拢着打火机的火苗，把打火机凑到那张“出售或出租”的招贴上。上面印着圣马特奥房地产中介的名字和地址，还有一行用蓝色铅笔写的字：钥匙在三十一号。

斯佩德回到汽车上问司机："有手电筒吗？"

"有。"司机把手电筒递给了斯佩德，"要我帮忙吗？"

"也许吧。"斯佩德上了车，"开到三十一号去。你可以开车灯了。"

三十一号是一幢方方正正的灰色房子，在马路对面，但是比二十六号稍往街区里面一点儿。楼下的窗户里亮着灯。斯佩德走进门廊，按了按门铃。一个十四五岁的黑发女孩儿打开了门。斯佩德欠了欠身，微笑着说："我想拿二十六号的钥匙。"

"我去叫爸爸。"说完，她跑回房子里，喊道："爸爸！"

一个红脸、秃头、蓄着一把大胡子的胖子走了出来，手里拿着一份报纸。

斯佩德说："我想拿二十六号的钥匙。"

胖子看上去有几分怀疑，说："那里没电，你什么都看不见。"

斯佩德拍了拍口袋说："我有手电筒。"

胖子显然更加怀疑了。他不安地清了清嗓子，把手里的报纸捏成了一团。

斯佩德给他看了看自己的名片，然后把名片放回兜里，压低嗓音说："我们得到了一个消息，那里面可能藏着些东西。"

胖子的表情和声音热切起来。"等一等，"他说，"我跟你一起去！"

过了一会儿，他返回来，拿着一枚铜钥匙，钥匙上拴着一个黑红相间的小牌子。他们经过汽车旁边的时候，斯佩德朝司机招了招手，司机跟了过来。

“最近有人来看房子吗?”斯佩德问。

“据我所知，没有!”胖子答道，“已经两三个月没人来找我要钥匙了。”

胖子拿着钥匙走在前头，一直走到门廊里。他把钥匙塞到斯佩德手里，嘟囔着:“给。”说完就站到了一边。

斯佩德打开锁，推开门，发现里面静悄悄的，一片漆黑。斯佩德左手握着发出暗淡光亮的手电筒，走进了房子。司机紧跟在他后面，矮胖子跟随着他们。他们把这幢房子从上到下搜了一遍。一开始，他们小心翼翼，后来发现什么都没有，便大胆起来。整幢房子都是空的，这一点毫无疑问。没有任何迹象表明最近几个星期有人造访过这里。

斯佩德说着“谢谢，就到此为止吧”，在亚历山德里亚旅馆门前下了车。他走进旅馆，来到服务台前。服务台里面有个高个儿的年轻人，黑黑的脸，神情严肃。年轻人说:“晚上好，斯佩德先生!”

“晚上好!”斯佩德把年轻人拉到了服务台的一侧，“十二层C室的古特曼一家在吗?”

年轻人答道:“不在。”他飞快地瞥了一眼斯佩德，然后把目光转向别处，犹豫了一会儿，又看了一眼斯佩德，嘟囔着:“今晚出了件与他们有关的怪事，斯佩德先生。有人给急救中心打电话，说那套房间里有个姑娘病了。”

“没有吗?”

“哦，没有，那套房间里根本就没有人——他们下午就都出去了。”

斯佩德说:“是啊，有些捣蛋鬼就喜欢开玩笑。谢谢!”

他走到公用电话间，拨通了电话，说：“喂……佩林太太吗？……埃菲在家吗？……是的，麻烦您……谢谢。

“喂，宝贝儿！结果还好吧？……好，很好！等一等。我二十分钟后到……对。”

半小时之后，斯佩德按响了第九大道一座两层砖楼的门铃。埃菲·佩林打开了门。她那张男孩子气的脸显得很疲倦，不过依然笑容满面。“你好，老板！”她说，“请进！”然后，她低声说：“如果我老妈跟你说什么不中听的话，山姆，你可不要发火，她正在气头上。”

为了打消她的顾虑，斯佩德咧嘴笑了笑，拍了拍她的肩膀。

她拉着他的胳膊说：“奥肖内西小姐呢？”

“没见到！”他大声说，“我中计了。你能肯定那是她的声音吗？”

“能。”

他做了个鬼脸说：“啊，那是骗人的。”

她把他领进一间明亮的起居室，叹了口气，颓然地在一张坐卧两用的长沙发的一端坐下，强打起精神朝他微笑着。

他挨着她坐下，问道：“一切都顺利吧？你没提那包东西吧？”

“没提。我照你教我的对他们说了一遍。他们认为那个电话与此事有关，你追查去了。”

“邓迪来了吗？”

“没来。来的是霍夫和奥加，还有几个我不认识的人。我跟队长谈了谈。”

“他们带你到局里去了?”

“啊，是的，他们问了我好多问题，不过全都是——你也知道——例行公事。”

斯佩德搓着手。“好极了!”他皱着眉头说，“不过，他们见到我的时候一定会想出更多的问题来盘问我。不管怎么说，邓迪是会问的，布赖恩也会问。”他耸了耸肩，“除了警察，还有你认识的人来过吗?”

“有。”她坐直了身体，“那个小伙子——上回替古特曼捎口信来的那个——也来过。他没进来，不过警察在的时候没关走廊的门，我看见他站在外头。”

“你们没说话吧?”

“啊，没说。你不让我多嘴，所以我没理他。过了一会儿，我再一看，他已经走了。”

斯佩德朝她咧嘴笑了笑说：“你运气真好，妹子，幸亏警察先到了。”

“怎么?”

“他是个坏蛋！那小子——毒蛇！死者是雅各比吧?”

“是。”

他摁了摁她的双手，站起身来说：“我该走了。你最好上床睡觉，你累坏了。”

她也站起来说：“山姆，这究竟是——”

他把手放到她的嘴上，阻止她说下去。“星期一再说吧，”他说，“我想趁你妈妈抓到我之前溜出去，省得她嫌我把她的宝贝闺女也扯了进来。”

斯佩德到家时已经是深夜了，还差几分钟就到十二点了。

他把钥匙插到街门的锁孔里。他身后的人行道上传来高跟鞋急促的咔嗒声。他松开钥匙，急转过身，只见布丽姬·奥肖内西正跑上台阶，朝他跑来。她双手搂住他，依偎在他身上，气喘吁吁地说："哦，我还以为你永远也不回来了呢！"她面容憔悴，心神不定，浑身发抖。

他用那只没有扶着她的手再次去拧钥匙，打开门，半拎半抱着她进了门。"你一直在等我？"他问。

"是的。"由于喘息，她断断续续地说，"在……街上……的一个……门里。"

"你还能行吗？"他问，"要不我抱着你？"

她靠在他的肩膀上，摇了摇头说："待会儿……我……到地方……坐下来……就好了。"

他们俩乘电梯来到了斯佩德的房门前。他开门的时候，她脱离了他的胳膊，站到了他身边。她气喘吁吁，双手抱胸。他摁亮了门厅的灯。他们俩走进了房间。他关上门，再次搂住她，扶着她朝起居室走去。就在他们俩即将跨入起居室之际，起居室的灯亮了。

姑娘大叫了一声，一头扎进斯佩德怀里。

就在起居室的门内，胖子古特曼站在那儿朝他们俩仁慈地微笑着。小伙子威尔默从他们俩身后的厨房里走出来，两把黑色的手枪在他的小手中显得格外巨大。凯罗从卫生间里走出来，也拿着一把手枪。

古特曼说："啊，先生，大家都到齐了！那咱们就进屋，舒舒服服地坐下来聊聊吧！"

第十八章　替死鬼

斯佩德搂着布丽姬·奥肖内西，在她脑袋上方淡淡地一笑，对古特曼说："好啊，咱们聊吧！"

古特曼摇摇摆摆地从门口后退了三步，一身肥肉晃个不停。

斯佩德和姑娘一起走进了起居室。小伙子和凯罗跟在他们俩后面走了进去。凯罗在门口停了下来。小伙子收起一把手枪，走到了斯佩德身后。

斯佩德扭过头，俯视着小伙子说："滚开，不准你搜我的身！"

小伙子说："站着别动，闭上你的嘴！"

斯佩德的鼻孔随着呼吸翕动着。他的声音很平静："滚开！你的爪子敢碰我，我就让你……问问你们老大，他是不是想在我们谈话之前就把我打死？”

“没关系，威尔默。”胖子迁就地说，“你太任性了！好吧，诸位都坐下吧！”

斯佩德说：“我跟你说过，我不喜欢这个小混混。”他把布丽姬·奥肖内西带到窗户跟前的长沙发前。他们俩紧挨着坐下，她靠在他的左肩上，他用左臂搂着她的肩膀。她不再哆嗦，也不再喘息了。古特曼及其同伙的出现，似乎夺走了她个人的行动自由，以及情感自由，使得她虽然活着，也有知觉，却像植物一样，完全处于静止状态。

古特曼在铺有垫子的摇椅上坐了下来。凯罗挑了桌边那把扶手椅。小伙子威尔默没坐下，他站在刚才凯罗站过的地方，握着枪的那只手垂在身旁，弯曲的睫毛下的眼睛始终没有离开斯佩德的身体。凯罗把手枪放到了身边的桌子上。

斯佩德摘下帽子，把帽子扔到了沙发的另一端，然后朝古特曼咧嘴笑了笑。他那松弛下来的嘴唇、耷拉下来的眼皮，以及脸上那么多的“倒八字”，使他笑得充满了淫欲，活像个色鬼。“令爱的肚皮真好看，”他说，“用别针划，太可惜了。”

古特曼的笑容和蔼可亲，只不过显得有点儿油滑。

门口的小伙子向前迈了一小步，把手枪拎得与胯部平齐。房间里的人都看着他。说来也怪，布丽姬·奥肖内西和乔尔·凯罗看他的眼光虽然不一样，却竟然都带有责备的意味。小伙子的脸红了，把跨出的脚收了回去。他伸直腿，垂下枪，又像刚才那样站立着，用藏在睫毛下面的眼睛注视着斯佩德的胸口。他脸上的红晕并不算太红，并且只持续了片刻，但是平时一贯冷若冰霜、镇定自若的脸上竟然会出现红晕，确实令人吃惊。

古特曼把他那狡黠的笑脸再度转向了斯佩德。“是的，先生，让你见笑了，不过必须承认……达到了目的。”他温和地说。

斯佩德的眉毛抽搐着挤到了一起。“达到目的的方法有很多!”他说，“我一拿到猎鹰的雕像，就自然而然地想要见你。现金交易嘛——为什么不呢？我前往伯林盖姆，希望能像现在这样碰到你。你们在摆迷魂阵，引我偏离正轨，拖延了我半个小时的时间，这样你们就可以在雅各比找到我之前，再次找到他。”

古特曼咯咯地笑了起来，他的笑声里似乎只有满意。“啊，先生，”他说，“不管怎么说，咱们在这儿见面了，希望这是你想要的。”

“这正是我想要的。你打算什么时候付订金，把猎鹰的雕像从我手里拿走？”

布丽姬·奥肖内西坐直了身体，惊讶地注视着斯佩德。斯佩德漫不经心地拍了拍她的肩膀。他一直注视着古特曼。古特曼那对嵌在肥肉里的眼睛闪烁着喜悦的光芒。他说：“好啊，先生，至于钱嘛——”他把一只手伸进上衣的胸襟里。

凯罗双手按在大腿上，在椅子里探身向前，柔软的双唇张开着。他那双黑眼睛就像漆器一般，表面亮晶晶的。他警惕地看了看斯佩德的脸，又看了看古特曼的脸。

古特曼重复了一遍：“好啊，先生，至于钱嘛——”他一边说着，一边从上衣内侧的口袋里掏出一个白色的信封。十只眼睛——小伙子的眼睛现在只有一半被睫毛遮住——全都看着这个信封。古特曼用他那双胖乎乎的手把信封翻了过来。他先是审视着信封那空白的正面，然后看了看它的反面。信封没有封口。他抬起头，和蔼可亲地微微一笑，像玩飞镖一样，拿信封瞄准了斯佩德的大腿。

这个信封虽然体积不大，但是足够沉，能真正地飞起来。它一头撞到斯佩德的胸口下方，落到了他的大腿上。他不慌不忙地捡起信封，从姑娘身上抽回左臂，用双手打开了信封。信封里装着一沓崭新的千元大钞，又硬又平。斯佩德把钞票拿出来数了数——一共十张。斯佩德微笑着抬起头，温和地说："咱们原来谈的可不止这个数啊!"

"是啊，先生，你说的没错，"古特曼表示赞同，"不过当时咱们仅仅是谈谈而已。现在可是真正的现金，嘎嘎响的票子啊，先生！这样的一美元，可以顶十美元还不止呢!"他不出声地笑着，浑身的肥肉一颤一颤的。然后，他变得严肃了些，但还算不上一本正经："现在我要照顾的人很多。"他眼珠一转，朝凯罗点了点头，"而且——啊，先生，总之——情况发生了变化。"

古特曼说话的时候，斯佩德把十张钞票整理到一起，放回信封里。这时，他弯腰拱背地坐着，身体向前探，用食指和拇指拎起信封的一角，让信封在两腿之间晃荡。他漫不经心地对胖子说："没错。你们现在结成了一伙，可猎鹰的雕像在我手里。"

乔尔·凯罗说话了。他用那双难看的手紧紧抓住椅子的扶手，身子向前探着，用尖细的嗓音说："我认为没必要提醒你，斯佩德先生。虽然猎鹰的雕像可能在你手里，但是你本人确确实实是在我们手里。"

斯佩德咧嘴笑道：“我才不想为这事担心呢！”他坐直了身体，把信封放到一旁的沙发上，对古特曼说：“咱们过会儿再谈钱的事。还有件事情要先处理一下——咱们必须找个替死鬼。”

胖子皱起眉头，显然是没有听懂，但还没容他开口，斯佩德便解释道：“警方总得找个人顶罪——把三条人命都算在他头上。咱们——”

凯罗用尖利的声音打断了斯佩德的话：“两条——只有两条人命，斯佩德先生。毫无疑问，是瑟斯比杀了你的合伙人。”

“好吧，就算是两条，”斯佩德吼道，“那又有什么区别呢？关键是咱们一定要向警方交出一个——”

这时，古特曼充满信心地微笑着，很有把握地说：“好啦，先生！根据我们对你的了解，我觉得警察方面我们是不必操心的。对付警察的事完全可以交给你去办，你用不着我们这些外行帮忙。”

“你这么想，”斯佩德说，“说明你们对我的了解还远远不够。”

“得了，斯佩德先生，你总不能让我们觉得你是怕警察的吧，或者觉得你竟然对付不了——”

斯佩德对此嗤之以鼻。他向前弯下身子，不耐烦地打断了古特曼的话：“我才不怕他们呢！我知道该怎么对付他们！给他们抛出一只替罪羊，把事情全往他身上推。”

“是啊，先生，我承认，这确实是一种处理事情的办法，可是——”

“可是个屁！”斯佩德说，“这是唯一的办法。”他额头发红，眼神热切而认真，太阳穴上的那块青肿变成了猪肝色，“我知道自己在说什么。我以前是屡试不爽，希望能够再次过关。有那么一两回，我甚至把最高法院的人臭骂了一顿，结果他们也没把我怎么样，不过总有一天他们会找我算账的。到了算账的那天，我会胸有成竹地大踏步走进警察局，把一只替罪羊推到他们面前，说：‘你们这些笨蛋，这就是你们要找的罪犯！’我蔑视所有的法律条文。倘若有一回我做不到这一点，那么我就完蛋了。可惜，这一天永远不会到来！”

古特曼的眼神飘忽不定，由油滑变成了疑惑，不过他那肉乎乎的粉红色脸上，笑容仍然是自信的。他说：“这是一种人们经常使用的办法，先生！如果这回咱们能用这个办法，那么我会第一个说：‘就这么干，先生。’但是，在这个案子里，碰巧这个办法是行不通的，尽管这个办法并不比别的办法差。现在该是你采用其他做法的时候了，一个聪明人会果断地采用其他做法的。好啦，先生，咱们这个案子的情况就是这样。我不妨告诉你，我认为你的报酬已经很高了。现在看来，这样做也许比你向警察抛出一只替罪羊更麻烦一些。不过，”他哈哈大笑着摊开了双手，“你不是个碰上点儿小麻烦就害怕的人。你知道该怎样办！无论出了什么事，你最后总能够安全着陆。”他噘着嘴，半闭着一只眼睛，“你总会有办法的，先生。”

斯佩德脸色阴沉，眼睛里已经没有了怒火。“我知道自己在说什么。”他声音低沉地耐着性子说，“在我居住的城市，有我所从事的职业。这一回我能够想办法安全着陆，可等到下一回，我打算办妥一件简单案子的时候，他们会立刻来找我的麻烦，我就只好自吞苦果了。我才不干呢！到时候你们这帮老兄都溜到了纽约、君士坦丁堡之类的地方，可我还得在这儿混下去。”

“不过，”古特曼开口说道，“你完全能——”

“我不能，”斯佩德认真地说，“我也不想这样做。我不是在开玩笑。”他坐得笔直。一抹愉快的微笑在他脸上绽开，一扫刚才的阴霾。他用一种惬意而具有说服力的语气快速地说道：“听着，古特曼，我告诉你怎么办才对咱们大家最有利。如果咱们不给警察一个替死鬼，他们早晚会知道这尊猎鹰的雕像。到那时，不论你们身在何处，都得东躲西藏，这对我们靠它发财会很不利。给他们一个替死鬼，他们会就此罢休。”

“是啊，先生，这就是问题的关键所在。”古特曼仍然镇定自若，只是眼神中露出些许不安，“他们是否会就此罢休呢？替死鬼很有可能成为一个新的线索，反而使他们了解到猎鹰雕像的情况。还有一种可能性：他们现在已经罢休了，那么，咱们的最佳策略是不是就是不作为呢？”

斯佩德的额头上青筋暴露。“天哪！你根本不了解他们是怎么回事。”他尽量克制着自己的情绪，“他们可没睡大觉，古特曼。他们在潜伏，在等待，试图出手。我陷得很深，他们知道这一点。只要我在合适的时候做点儿什么，就没事了。可如果不做，那就糟了。”他的话再次变得很有说服力，“听着，古特曼，咱们绝对得抛给他们一只替罪羊。除此之外，别无他法。咱们就把这个小混混交给他们得了。”他愉快地朝门口的小伙子歪了歪头，“事实上瑟斯比和雅各比都是被他打死的，不是吗？咱们给他安上必要的证据，把他交给警察好了。”

门口的小伙子咧着嘴，不了解情况的人会以为他是在微笑。斯佩德的建议没有对他起任何作用。乔尔·凯罗的黑脸有些发黄，嘴巴张得大大的，眼睛睁得大大的，一副惊讶的神情。他喘着粗气，圆滚滚、软绵绵的胸脯一起一伏。他目瞪口呆地看着斯佩德。布丽姬·奥肖内西从斯佩德身边走开，蜷缩在沙发上，目不转睛地注视着他。

古特曼仍然一动不动，好一段时间脸上漫无表情。然后，他放声大笑，直到他那狡黠的眼睛也透出了笑意。笑完之后，他说："老天在上，先生，你真是个人物，一点儿不假！"他从口袋里掏出一块白手绢，擦了擦眼睛，"是的，先生，谁也判断不出你下一步要做什么，不过可以肯定，你会有惊人之举。"

"没什么好笑的！"看来斯佩德对胖子的大笑并没有生气，或者说根本就没在意。他说话的态度就像是在跟一个执拗，但还不算蛮不讲理的朋友掰扯道理。"这是咱们最好的赌注。把他交给警察，警察就会——"

"不过，我亲爱的朋友，"古特曼反对道，"难道你不明白吗？即使我偶然想到过这么做，那也是荒唐的。我待威尔默就像亲生儿子一样。但是，假如我偶然想到要按你的提议办，那么你想想，能保证威尔默不把猎鹰的雕像以及咱们大家的事告诉警察吗？"

斯佩德咧开两片僵硬的嘴唇笑了笑。"有必要的话，"他柔声说，"咱们可以以拒捕为由把他弄死，不过咱们还不必走那一步。让他尽情地去说吧。我向你保证，没人会搭理他的。这很容易搞定！"

古特曼额头上的肉皱了起来。他低下头，下巴在领子上方挤成一团。他问道："怎么搞定?"他浑身的肥肉抖动起来。他扭过头去，笑着说："你怎么看，威尔默?可笑极了，对吧?"

小伙子那双浅褐色的眼睛在睫毛下闪闪发光。他用低沉而清晰的声音说："对，可笑极了，这狗娘养的……"

斯佩德对布丽姬·奥肖内西说："你现在感觉怎么样了，宝贝儿?好点儿了吗?"

"啊，好多了，只不过——"她压低了声音，以至于后面的话在半米以外就听不见了，"我害怕。"

"别害怕，"他满不在乎地说着，把一只手放到了她穿着灰色丝袜的腿上，"不会发生什么糟糕的事情的。喝点儿酒吗?"

"先不喝，谢谢!"她声音低沉，"小心点儿，山姆!"

斯佩德咧嘴笑了笑，看了看古特曼，古特曼也在看他。胖子亲切地微笑着，好一会儿什么话都没说，然后问道："怎么搞?"

斯佩德没听懂："什么怎么搞?"

胖子认为这个时候需要再大笑一通，然后再进行解释。"好啊，先生，如果你是认真的，那么出于礼貌，我可以听你把建议说出来。请问怎么搞定，让威尔默——"他停顿了一下，笑了笑，"不会危害我们呢?"

斯佩德摇了摇头。"不，"他说，"我可不愿意利用任何人。"

"得了，得了，"胖子抗议道，"你真的让我很不自在。我刚才不应该笑，我真诚地向你道歉。我并不打算嘲笑你所提出的任何建议，斯佩德先生，不管我多么不赞成你的做法。

你一定要知道，我对你的机敏是敬佩之至的。请注意，暂且放下我待威尔默如同亲生骨肉这个事实不谈——我还是不明白你这个建议有什么用。不过，倘若你肯继续把这个建议的其余部分大致谈一谈的话，我就会认为你给我面子，并把这看作是你接受了我的道歉。”

“很公平，”斯佩德说，“布赖恩与绝大多数地方检察官一样，更为关心他的档案里是怎么记载的。对于有疑点的案子，与其接手，弄得日后对他自己不利，不如放弃。我不知道他有没有故意陷害过哪个无辜的人，如果他凑得出一些罪证，那么就很难想象他会承认这个人是无辜的。为了确保给一个人定罪，他宁可放掉五六个犯有同等罪行的同案犯——如果给所有人都定罪，势必会把他的案子搅乱。

“他准会咬住不放的。他才不想知道猎鹰雕像的事呢！他一定会自我陶醉，把这个小混混告诉他的关于猎鹰雕像的事全都当成鬼话，认为他企图把水搅浑。这事就交给我办好了！我可以向他指出，如果他蛮不讲理，想来个一网打尽，那么这个案子就会变成一团乱麻，没有一个陪审团理得清它的来龙去脉。而如果他坚持按住这个小混混不放，那么他就能够结结实实地把罪名推到他身上。”

古特曼不太赞同地缓缓绽开一丝微笑，侧着脸摇了摇头。“不行，先生，”他说，“这根本不会奏效。即使是你的这位地方检察官，也不一定能把瑟斯比、雅各比和威尔默联系到一起，而不——”

“你不了解地方检察官，”斯佩德告诉他，“瑟斯比被杀，动机很容易解释。他是个打手，你的小混混也是。布赖恩对此自有一套理论。这里面没什么蹊跷。哎呀，老天爷！他们只能把小混混绞死一次。既然他杀害瑟斯比的罪名成立了，那么为什么还要审理他杀害雅各比的案子呢？他们完全可以在案卷中写上他是凶手，不去调查就结案。如果他杀两个人使用的是同一把枪，那么子弹也能对上号。人人都会对这个结果感到满意的。”

“是的，不过——”古特曼预言又止，看着小伙子。

小伙子从门口走了过来。他叉开两腿，一直走到古特曼和凯罗之间。他停在那里，身体前倾，肩膀朝前耸着。他手中的那把枪虽然仍旧垂在体侧，可是指关节却因为用力握它而已经发白了。他的另一只手紧紧地攥着拳头，也垂在体侧。他年轻的脸上露出难以形容的愤怒与凶狠的表情。他用因激动而变了调的声音对斯佩德说：“你这个杂种，站起来，拿起你的枪！”

斯佩德朝小伙子微笑着。

小伙子说：“你这个杂种！有种你就站起来，开枪！嘲弄够了没有？”

斯佩德越发高兴地看着古特曼。“年轻的西部牛仔，”他的声音与他的笑容一样真实，“也许你应该告诉他，没拿到猎鹰的雕像就朝我开枪，可对生意不利啊！”

古特曼试图微笑，却没笑出来，但他那张斑驳的脸上却保持着因此而产生的怪相。他用发干的舌头舔了舔干燥的嘴唇。他的喉咙仿佛被什么东西堵住了，使得他无法像家长斥责孩子那样发出洪亮的声音。“好了，好了，威尔默，”他说，“我们根本不会那么干的。你千万别把自己硬往这些事上联系。你——”

小伙子仍然盯着斯佩德，恼火地说：“那就叫他甭惹我。

如果他老缠着我不放，我就干掉他，谁也别拦着我！”

“好啦，威尔默！”古特曼的脸色和声音恢复了正常，“先生，我一开始就说过，你的方案根本不可行，咱们别再提它了。”

斯佩德看了看这个人，又看了看那个人。他收起了笑容，脸上毫无表情。“我喜欢说什么就说什么。”他对他们说。

“你自然是喜欢说什么就说什么，”古特曼马上说道，“这正是我钦佩你的地方。我说过，这个办法根本不可行，所以再讨论下去毫无用处，这一点你自己也看得出来。”

“我看不出来，”斯佩德说，“你们也没让我看出来，我也不认为你们能够看出来。”他皱着眉头看了看古特曼，“咱们打开天窗说亮话吧！我现在和你们谈话是白白浪费时间！我原以为是你来唱主角。难道要我去跟这个小混混谈判不成？我知道该怎么办了。”

“不，先生，”古特曼答道，“你说的对，跟你打交道的人是我。”

斯佩德说：“那就好。现在我再提个建议。当然，没有第一个那么好，但也聊胜于无吧。想听吗？”

“洗耳恭听。”

“把凯罗交给他们。”

凯罗急忙从身边的桌上抄起了手枪。他双手握着枪，枪口对着沙发彼端的地板。他的脸又变成了灰黄色。他那双黑眼睛环视着周围。他的眼珠子由于暗淡无光而显得缺乏立体感，像是纸糊的。

古特曼不相信自己的耳朵，问道：“你说什么？”

“把凯罗交给警察。”

古特曼似乎要笑却没有笑出来。最后，他茫然地喊道：“啊，老天爷！”

“这当然不如把小混混交给他们了。”斯佩德说，“凯罗不是打手，而且他的手枪口径比杀死瑟斯比和雅各比的枪口径小。把罪名安在他头上，咱们要多费点儿事，不过这总比一个人也不交给警察要好一些。”

凯罗愤怒地尖叫起来：“既然你下决心要交出一个人给警察，那为什么不把你或者奥肖内西小姐交出去呢？”

斯佩德朝这个黎凡特人微微一笑，心平气和地回答道：“是你们这帮人要这尊猎鹰雕像的。猎鹰的雕像在我手里，找个替死鬼是我们交易的一部分。至于奥肖内西小姐嘛，”他不动声色地瞟了一眼她惨白的脸，然后耸了耸肩，“如果你认为她能够扮演这个角色，那么我非常愿意同你探讨这个问题。”

姑娘把双手放在喉咙上，发出一声令人窒息的叫喊，挪到离他更远的地方去了。

凯罗激动得抽搐起来，他叫道：“你好像忘了，你根本就没资格做这些事情。”

斯佩德哈哈大笑，声音刺耳，充满了嘲弄。

古特曼试图缓和气氛：“得了，诸位，咱们应该在友好的基础上进行讨论。不过，凯罗先生说的也不无道理，你必须考虑——”

“必须个屁！”斯佩德仍然毫无顾忌地信口开河，因为对这些人来说，这比加强语气或加大音量来得更有分量，“你们要是杀了我，怎么拿到猎鹰的雕像呢？你们在没拿到东西之前，是舍不得杀我的，所以你们根本吓不倒我。”

古特曼歪着脑袋考虑着这些问题，眼睛闪闪发光。过了一会儿，他和颜悦色地回答道：“好吧，先生，除了杀人和以杀人相威胁以外，应该有其他的说服方式。”

“那当然。”斯佩德赞同道，“不过也没多大用，除非以死相威胁，令对方屈服。明白我的意思吗？如果你试图做我不喜欢的事情，那么我是不会买账的。你要么就死了这条心，要么就把我杀掉，不过我心里有数，你不会杀我。”

“我明白你的意思。”古特曼咯咯地笑着，“这是一种态度，先生，它要求双方都做出最为细致的判断。你也知道，先生，人在气头上有可能忘掉自己的利益所在，控制不住情绪。”

斯佩德一脸和气地微笑着。“我的诀窍是，”他说，“既要把戏演好，拴住你们，又不能逼得过紧，导致你们不计后果地把我干掉。”

古特曼深情地说：“天哪，先生，你真是个人才！”

乔尔·凯罗从椅子上跳起来，从小伙子的身后绕过去，站到了古特曼的椅子后面。他弯下腰，用那只空着的手遮住自己的嘴和古特曼的耳朵，悄悄地说着什么。古特曼闭着眼睛，专心地听他说话。

斯佩德对布丽姬·奥肖内西咧嘴一笑。她回敬了他一个淡淡的微笑，仍然目不转睛地注视着他。斯佩德转向小伙子：“他们八成是要出卖你了，小子。”

小伙子一声不吭。他的膝盖开始哆嗦，弄得两条裤腿抖个不停。

斯佩德对古特曼说：“我希望你别受这些小流氓手中挥舞着的枪的影响。”

古特曼睁开了眼睛。凯罗停止了他的悄悄话，笔直地站在胖子的椅子后面。

斯佩德说："我曾经缴过这两个人的家伙，免得出乱子。这个小混混——"

小伙子激动地喊道："好吧!"他猛地把手枪举到了胸前。

古特曼扭动着肥胖的身躯从摇椅里站起来，抓住小伙子的手腕，往下一扳，让枪口朝下。乔尔·凯罗急忙赶到小伙子的另一边，抓住他的另一只胳膊。他们与小伙子扭在一起，用力控制着他的胳膊。小伙子徒劳地挣扎着。在一片混乱当中，小伙子断断续续地说："好吧……滚……杂种……杀了他!"古特曼说："得了，得了，威尔默!"凯罗说："不，不要这样……别这么干，威尔默!"

斯佩德面无表情，神情恍惚地从沙发上站起来，走到这群人跟前。小伙子抵挡不住两个人的力气，停止了挣扎。凯罗仍然抓着小伙子的一只胳膊，站在他的侧前方，好言相劝。斯佩德把凯罗拉到一边，一个左勾拳打在小伙子的下巴上。小伙子的脑袋猛地向后仰去。小伙子的双臂仍被古特曼和凯罗控制着。古特曼焦急地喊道："哎呀，这是干什么?"话音未落，斯佩德的右拳又落在了小伙子的下巴上。

凯罗松开小伙子的胳膊，让他倒在古特曼的大圆肚皮上。凯罗冲向斯佩德，伸手去挠斯佩德的脸。斯佩德运了运气，一把将这个黎凡特人推开了。凯罗再次冲向斯佩德，眼里含着泪水，嘴唇翕动着，由于愤怒而说不出话来。

斯佩德笑着嘟囔道："天哪，可真有你的!"说着，他一巴掌扇到了凯罗脸上，使得凯罗跌倒在桌子上。凯罗站起身来，第三次冲向斯佩德。斯佩德伸出两只像铁一样硬的胳膊，又揍了凯罗两巴掌。凯罗胳膊短，够不着斯佩德的脸，只好去捶打斯佩德的胳膊。

“住手！”斯佩德咆哮着，“我会弄伤你的！”

凯罗喊道：“啊，你这个懦夫！”说罢，向后退去。

斯佩德俯身从地上捡起了凯罗和小伙子的手枪。他左手拿着手枪，站直了身体，枪口朝下地拎着这两把枪。

古特曼将小伙子放到了摇椅上。他站在那里，不安地看着斯佩德，不知如何是好地皱着眉。凯罗跪在摇椅边，摸了摸小伙子那瘫软的胳膊。

斯佩德摸了摸小伙子的下巴，说：“没骨折。把他弄到沙发上去吧！”他把右臂放到小伙子的腋下，抱住他的后脊梁，然后把左前臂放到小伙子的膝盖底下，毫不费力地把他抱了起来。

布丽姬·奥肖内西连忙站起来，帮助斯佩德把小伙子平放在长沙发上。斯佩德拍了拍小伙子的衣服，找到了他的第二把手枪，把这把枪与另外两把枪一起拎在手上。然后，他转过身去，背对着沙发。凯罗坐到了小伙子旁边。

斯佩德把手里的枪弄得叮当响，快活地朝古特曼微笑着。“好了，”他说，“这就是咱们的替死鬼。”

古特曼脸色灰白，没有看斯佩德，只是低头看着地板，什么话都没说。

斯佩德说：“别再犯傻了。我揍这小子的时候，你拉偏架。这事你可不能一笑了之，这样下去你很可能会挨枪子儿。”

古特曼双脚蹬着地毯，还是什么话都没说。

斯佩德说："要么你们马上答应，要么我把猎鹰的雕像和你们这帮混账家伙统统交给警察局。"

古特曼抬起头来，喃喃地说："我不愿意这样，先生。"

"你不愿意这样吗？"斯佩德说。

胖子叹了口气，做了个鬼脸，伤心地回答道："你可以送他进去。"

斯佩德说："好极了。"

第十九章
俄国人的诡计

小伙子仰卧在沙发上，奄奄一息。乔尔·凯罗坐在他身边，弯着腰，揉搓着他的脸和手腕，把他额头上的头发向后捋平，轻声对他耳语着。

布丽姬·奥肖内西站在桌子与墙壁之间，一只手平放在桌上，另一只手按在胸前。斯佩德不看她的时候，她就偷偷地瞟他一眼。斯佩德一看她，她就朝凯罗和小伙子那边看。

古特曼的烦恼一下子消失了。他红光满面地把手插在裤兜里，面对着斯佩德站着。

斯佩德一边懒洋洋地拨弄着手中的几把手枪，一边朝凯罗那圆滚滚的背影歪了歪头。他问古特曼："他没事吧？"

“我不知道。”胖子平静地说，“后面的事完全靠你了，先生。”

斯佩德的微笑使得他那“倒八字”形的下巴更为显眼。他说：“凯罗！”

黎凡特人把黑色面孔转了过来，回头张望了一下。

斯佩德说：“让他歇一会儿。咱们必须把他交给警察。趁他还没醒过来，咱们应该先把细节说清楚。”

凯罗气愤地说：“就算不把他交给警察，他也已经被折腾得够呛了！”

斯佩德说：“是啊！”

凯罗离开长沙发，走到胖子跟前。“别这么干，古特曼先生。”他恳求道，“你必须明白——”

斯佩德打断了他的话：“这事已经定下来了。问题是，你准备怎么办？是加入还是退出？”

虽然古特曼有几分伤感，甚至有点儿依依不舍，但他还是点了点头。“我也不愿意这么干。”他对黎凡特人说，“咱们是身不由己啊！”

斯佩德问：“你怎么办，凯罗？是加入还是退出？”

凯罗舔了舔嘴唇，慢吞吞地把脸转向了斯佩德。“假如，”他咽了口唾沫，“我也……我可以选择吗？”

“你可以选择，”斯佩德严肃地向他保证，“不过你要知道，如果你要退出，那么我们会把你和你的这个朋友都交给警察。”

“哦，算了吧，斯佩德先生，”古特曼抗议道，“那不是——”

“绝不能让他抛弃咱们！”斯佩德说，“他要么加入，要么进监狱。咱们不能到处留把柄让人抓。”他沉着脸，瞪着古特曼，突然发起火来：“我的天！你们这帮家伙是第一回偷东西吗？一群废物！接下去打算怎么办？跪下祈祷吗？”然后，他怒气冲冲地瞪着凯罗说：“怎么样？选哪条路？”

“既然你没给我留选择的余地，”凯罗绝望地耸了耸肩，“那么我加入。”

“好！”斯佩德看了看古特曼，又看了看布丽姬·奥肖内西，“坐下吧。”

姑娘战战兢兢地在长沙发的一端坐下，挨着失去知觉的小伙子的双脚。古特曼回到了铺有坐垫的摇椅上，凯罗也回到了扶手椅上。斯佩德把那几把枪都放到桌上，自己坐在桌子角上，紧挨着枪。他看了看腕上的手表，说：“两点钟。天亮后我才能拿到猎鹰的雕像，也许要到八点。咱们有充裕的时间把一切事情安排好。”

古特曼清了清嗓子。“东西在哪儿？”他问，然后急忙补充道：“我并不是真的在乎，先生。我想，如果在交易完成之前，咱们大家都待在一起，相互看得见，那就再好不过了。”他看了看长沙发，又看了看斯佩德，目光犀利，“你拿了那个信封？”

斯佩德摇了摇头，看了看长沙发，又看了看姑娘。他微笑着说：“是奥肖内西小姐拿的。”

“是的，是我拿的。”她一边喃喃地说，一边把一只手伸进上衣里面，“我把它捡了起来。”

“没关系，”斯佩德对她说，“好好拿着。”然后，他对古特曼说：“咱们不会互相看不见的。我可以让人把猎鹰的雕像送过来。”

“那太好了！”古特曼心满意足地说，“然后，先生，我们给你和威尔默一万美元，你把猎鹰的雕像交给我们。再宽限我们一两个小时，这样一来，等你把他移交给警方的时候，我们就不在城里了。”

“你们用不着逃，”斯佩德说，“这是无懈可击的。”

“也许吧，先生！不过，在你那位地方检察官审问威尔默的时候，我们若是不在这个城市，会感觉更为安全的。”

“随便吧！”斯佩德答道，“如果你们需要，我可以把他扣在这儿一整天。”他动手卷了一支烟，“咱们先把细节说清楚吧。他为什么杀了瑟斯比？还有，他为什么、在何处、怎样开枪打死了雅各比？”

古特曼宽容地笑了笑，摇了摇头，愉快地说：“得了，先生，你就别打听这些了。我们把钱和威尔默都交给你了，这是咱们交易的一部分。”

“我当然要知道了！”斯佩德把打火机凑到了烟卷上，“我要的是一个替死鬼！如果没有把握叫他顶罪，他就算不上替死鬼了。为了万无一失，我必须知道这一切究竟是怎么回事。”他皱起了眉头，“你抱怨什么？如果让他脱了身，你们就休想稳稳当当地坐着了。”

古特曼向前探着身子，用一根胖手指头指了一下斯佩德腿边桌上的手枪。“这就是能充分证明他罪行的证据，先生。两个人都是被人用这种枪打死的。警察局的专家可以轻而易举地鉴定出那些杀人的子弹是从这种枪里射出的。在我眼里，这就足以证明他犯了罪。”

“也许吧！”斯佩德赞同道，“不过事情肯定比这复杂得多。我必须知道事情是怎么发生的，以便确定哪些事情是需要隐瞒的。”

凯罗把眼睛睁得溜圆，非常激动。“你显然已经忘了，你向我们保证过，这是个非常简单的事情。”凯罗的黑脸转向了古特曼，“你瞧！我劝过你，让你别这么干！我认为——”

“你们俩怎么想都没关系。”斯佩德不客气地说，“现在为时已晚，你们陷得太深了。他为什么要杀瑟斯比？”

古特曼十指交叉，搁在肚子上，摇着摇椅。他的嗓音与他的笑容一样，明显地流露出了悔恨。“你是个极难斗的人。”他说，“我想，我们一开始就错了，不应该找你来办这件事。天哪，我确实是这么想的，先生！”

斯佩德满不在乎地挥了挥手。“你办得并不差呀！用不着坐牢，猎鹰的雕像就到手了。你还想要什么？”他把烟卷叼在嘴角上说，“不管怎么说，你现在明白了自己的处境。他为什么要杀瑟斯比？”

古特曼停止了摇晃摇椅。“瑟斯比是个臭名昭著的杀手，是奥肖内西小姐的同党。我们知道，用这种方式把他除掉，会让奥肖内西小姐罢手，使她觉得最好还是同我们和好。这样一来，她身边就没有这么一个凶猛的保护人了。你瞧，先生，我算得上是开诚布公了吧！”

“算得上。你们难道就不认为猎鹰的雕像在他手里吗？”

古特曼摇了摇头，圆滚滚的腮帮子抖动着。“我们从来没这么想过，”他和蔼地微微一笑，“我们太了解奥肖内西小姐了，知道她不会那么干，尽管当时我们还不知道她在香港就已经把猎鹰的雕像交给了雅各比船长，让他把它放在‘鸽子号’上运到了这里。而他和瑟斯比却乘坐一条更快的船，捷足先登，这我们更是从来没想到过。如果只有一个人知道猎鹰雕像的下落，那么这个人一定是瑟斯比。”

斯佩德若有所思地点了点头，问道：“你们干掉瑟斯比之前，没有设法先与他达成一笔交易吗?”

“有过，先生，那天晚上我亲自找他谈的。威尔默两天前就找到了他，并且一直跟踪他，到了他与奥肖内西小姐碰面的地方。可是，瑟斯比太狡猾了，尽管他还没发觉自己被人盯上了。于是，那天晚上威尔默前往他住的旅馆，得知他不在，就在外面等他。我想，瑟斯比杀了你的合伙人之后，应该是马上就回去了。尽管如此，威尔默还是带他来见我了。我们拿他毫无办法。他对奥肖内西小姐忠心耿耿。是啊，先生，威尔默跟踪他回到旅馆，然后干掉了他。”

斯佩德思索了片刻，然后说：“听上去倒还有道理。说说雅各比吧。”

古特曼严肃地看着斯佩德，说：“雅各比船长的死全怪奥肖内西小姐。”

奥肖内西尖叫了一声，用手捂住了嘴。

斯佩德嗓音低沉地说：“甭管她。告诉我，这是怎么回事?”

古特曼狡黠地看了看斯佩德，然后微微一笑。“正如你所知道的，先生，”他说，“凯罗在你这儿被警察带走了。那天晚上，或者说次日凌晨，他从警察局出来之后，就与我见面了——我派人把他请到了我这儿。我们认识到，联手对双方都有利。”他微笑着转向黎凡特人，“凯罗先生是个判断能力很强的人，‘鸽子号’就是他想到的。那天早上，他在报纸上看到‘鸽子号’到达的信息，便想起来他在香港时曾听说有人看见雅各比和奥肖内西小姐在一起。当时，凯罗正在香港四处寻找她。一开始，他以为她乘‘鸽子号’走了，可后来他听说她并没有走。于是，当他在报纸上看到‘鸽子号’抵达的消息时，便猜到了事情的大概经过：她把猎鹰的雕像交给了雅各比船长，让他带到旧金山来。当然，雅各比并不知道这是什么东西，奥肖内西小姐对此守口如瓶。”

他朝姑娘微微一笑，摇晃了一下椅子，继续讲道：“我和凯罗先生，还有威尔默，前去拜访雅各比船长时，碰巧遇到了奥肖内西小姐。从各方面来说，这都是一次艰难的谈判。到了午夜时分，我们终于说服奥肖内西小姐接受了条件。然后，我们下了船，前往我住的旅馆。我要在旅馆里付给奥肖内西小姐钱款，拿到那尊猎鹰的雕像。是啊，先生，我们本以为自己是有能力对付她的，其实不然。在路上，她和雅各比船长带着猎鹰的雕像逃走了。”他愉快地笑了起来，“啊，先生，她逃得非常巧妙！”

斯佩德看着那姑娘。她那恳求的目光与他的目光相遇了。他问古特曼：“你们走之前烧了船？”

“不是故意的，先生。”胖子答道，“不过我敢说，我们——至少是威尔默——对起火是负有责任的。他出去找猎鹰的雕像，剩下的几个人在船长室里商谈，在点火的时候不小心……”

“很好！”斯佩德说，“如果必须让他为雅各比被杀负责任的话，那么不妨把纵火的罪行也推到他身上。好吧，现在谈谈开枪的事吧！”

“好吧，先生！我们一整天都在四处寻找他们俩，终于在今天下午找到了他们。一开始，我们无法确定是否真的找到了他们。唯一能确定的是，我们找到了奥肖内西小姐的公寓。我们趴在门上，听到了他们俩在屋里走动的声音。我们确信找到了他们，便摁响了门铃。她问我们是谁，我们隔着门告诉了她，随后听见了开窗户的声音。

“我们当然明白这意味着什么！于是，威尔默赶紧下楼，跑到大楼后面，堵住了防火通道。他刚拐进那条小巷，便与腋下夹着猎鹰的雕像奔跑的雅各比船长撞了个满怀。当时的情况很复杂，不过威尔默还是做了他所能做的。他对准雅各比，开了不止一枪。但是雅各比太强壮了，既没倒下，也没扔下猎鹰的雕像。对威尔默来说，他离得太近了，躲都躲不开。他把威尔默撞翻在地，跑掉了。要知道，当时是下午，大白天的！威尔默爬起来的时候，看见一名警察正沿着邻近的一条马路往这边走过来。他只好罢休，赶紧从皇冠公寓旁边大楼的后门穿过去，来到了街上。然后，他回来找我们……还好，先生，他没有被警察看见。

“是啊，先生，我们再度受挫。雅各比跳窗户后，奥肖内西小姐关好了窗户，开门让我和凯罗先生进来。她……”他想起当时的情景，不禁微笑起来，“我们说服她，让她告诉我们……原来，她已经叫雅各比把猎鹰的雕像送到你那儿去了。雅各比船长不太可能走那么远的路，即使警察没有拦住他……不过，这是我们唯一的机会了，先生。因此，我们准备再次说服奥肖内西小姐，让她给我们一些帮助。我们说服她，让她给你的侦探社打电话，在雅各比赶到之前把你引开。我们派威尔默去追赶雅各比。不幸的是，我们花了好长时间才做出这一决定，说服奥肖内西小姐……”

长沙发上的小伙子呻吟起来，翻过身来，眼睛睁开又闭上。姑娘站起身来，又挪到桌子与墙壁当中的那块地方去了。

“……与我们合作。”古特曼急于把话说完，“所以，在我们赶到你这儿之前，你已经把猎鹰的雕像拿到手了。”

小伙子把一只脚放到地上，用胳膊肘支起身子，眼睛睁得大大的。然后，他把另一只脚也放到地上，坐起来，四下张望。他望着斯佩德，流露出困惑的神情。

凯罗离开扶手椅，走到小伙子身边，用一只胳膊搂住小伙子的肩膀，开口说了些什么。小伙子猛地站起身，甩掉了凯罗的胳膊。他再次环视房间，牢牢地盯住了斯佩德。他脸色铁青，身体缩成一团。

斯佩德坐在桌子角上，漫不经心地晃动着两条腿，说：“听着，小子，你要是敢过来胡闹，我就踹你的脸！坐下，闭上嘴，老老实实地待着，这样你还能多活一会儿。”

小伙子看了看古特曼。

古特曼亲切地微笑着说：“好啦，威尔默，我的确舍不得失去你。我太喜欢你了，对亲生儿子也不过如此。不过，失去一个儿子还有可能再得到一个，可马耳他之鹰却只有一只！”

斯佩德哈哈大笑起来。

凯罗凑过去，在小伙子耳边低语了几句。小伙子用浅褐色的眼睛冷冷地注视着古特曼的面孔，重新坐到长沙发上。黎凡特人挨着他坐了下来。

古特曼叹了口气，对斯佩德说：“年轻人就是不谙世事。”

凯罗再次搂住威尔默的肩膀，轻声对他说着什么。斯佩德对古特曼咧嘴笑了笑，然后对布丽姬·奥肖内西说：“你若是能到厨房去给大家搞点儿吃的，再多煮些咖啡，那就再好不过了。怎么样？我不想扔下自己的客人。”

“当然。”她说罢，朝厨房走去。

“等一下，亲爱的！”古特曼举起一只肥厚的手，“你最好还是把那个信封留在这儿，免得弄上油点儿。”

姑娘探询地望着斯佩德。斯佩德用无动于衷的口气说：“这钱现在仍然是他的。”

她把手伸进衣兜，拿出信封，递给了斯佩德。斯佩德把它扔到古特曼腿上，说：“如果你怕丢了，就压在屁股底下好了。”

“你误会我了，”古特曼和蔼地答道，“我根本不是那个意思，不过做生意总要讲原则。”他打开信封，把那沓千元大钞拿出来数了数，然后咯咯地笑了起来，笑得肚皮发颤，“比方说，现在里面只剩下九张了。”他把钞票摊在肥胖的大腿上，“我给你的可是十张啊！这一点你非常清楚。”他笑容可掬。

斯佩德看着布丽姬·奥肖内西说：“怎么？”

她扭过脸去，使劲儿摇了摇头，什么话都没说，显得很害怕。

斯佩德朝古特曼伸出手去，胖子把钱放到了他手里。斯佩德数了数——确实是九张千元钞票。他把钱还给古特曼，然后站起身，脸色阴沉。他拿起桌上的那三把枪，用事实求是的口气说：“我想把这件事弄清楚。咱俩——”他朝姑娘歪了歪头，眼睛却不看着她，“去卫生间。我把门敞开着，面朝门站着。如果你们几个不想从三层楼上跳下去，那么，不经过卫生间门口就没法出去。可别干傻事啊！”

“说真的，先生，”古特曼抗议道，“你以这种方式威胁我们，实在是没有必要，而且很不礼貌。你一定知道，我们丝毫没有要走的意思。”

“等我查完就全清楚了。”斯佩德很有耐心，也很坚决，“这种小花招会把事情搞乱。我得找出答案，用不了多长时间。”他碰了碰姑娘的胳膊肘，“走吧。”

在卫生间里，布丽姬·奥肖内西敢说话了。她双手平放在斯佩德的胸口上，把脸凑近他的脸，轻声说：“我没拿那张钞票，山姆。”

“我并不认为是你拿的，”他说，“不过我必须弄清楚。把衣服脱掉!”

“你不信我的话吗?”

“不信。把衣服脱掉!”

“我不脱!”

“好吧，那咱们就回房间去，我让人给你脱。”

她后退了一步，用一只手捂住嘴，眼睛睁得大大的，充满了恐惧。“你敢!”她透过指缝说。

“我敢。”他说，“我必须知道那张钞票是怎么回事，你摆出黄花闺女羞答答的模样也没用。”

“哦，我不是那个意思，”她靠过来，再次把双手放到他的胸脯上，“不是因为在你面前脱光了会不好意思。难道你看不出来吗？如果你逼着我脱光了衣服，是会坏事的!”

他并没有提高嗓门儿：“这我不管。我必须知道那张钞票到哪儿去了。把衣服脱掉!”

她望着他那双炯炯有神的灰黄色眼睛，脸色由红变白。

她挺直了身体，开始脱衣服。他坐在浴缸沿儿上，看着她，也看着敞开的房门。起居室里没有传来一点儿声音。她不慌不忙地任脱下的衣服滑落到脚下的地上。脱光之后，她后退了一步，站在那里看着他，神情自若，既不挑衅，也不难为情。

他把手枪放到马桶盖上，面对着门，单膝跪在她的衣服前面。每一件衣服他都捡起来看一看、摸一摸，最终没有找到那张千元大钞。查完之后，他双手捧着她的衣服站起身，把衣服还给她，说："谢谢，现在我明白了。"

她从他的手中接过衣服，什么话都没说。他拿起手枪，走进起居室，顺手把卫生间的门关上了。

古特曼在摇椅里和蔼地笑着。"找到了吗?"他问。

凯罗坐在小伙子旁边，用一双没有光泽的眼睛探询地看着斯佩德。小伙子没有抬头，身子前倾，胳膊肘支在膝盖上，双手抱头，呆呆地望着两脚之间的地板。

斯佩德对古特曼说："没有，我没找到。你把它藏在手心里了!"

胖子咯咯地笑着说："我把它藏在手心里了?"

"对，"斯佩德把手里的几把枪碰得叮当响，"你是承认呢，还是站起来让我搜身?"

"站起来让你——"

"你还是承认的好，"斯佩德说，"不然我就要搜你的身了——没有第三条路。"

古特曼望着斯佩德严厉的面孔，放声大笑。"天哪，先生，我相信你干得出来，我真的相信。"他说。

"你把钞票藏在手心里了。"斯佩德说。

“是的，先生，是我藏起来的。”胖子从胸前的口袋里掏出一张揉皱的钞票，放在大腿上捋平，然后从上衣口袋里掏出那个盛有九张钞票的信封，把这张捋平了的钞票放进去，与其余九张放在一起，“我经常会开个小玩笑，很想知道在这种情况下你会怎么做。我得承认，你成功地通过了这一测试，先生。我实在想不到你会用如此简单、直接的方法弄清真相。”

斯佩德朝他冷笑着，这冷笑算不上尖刻。“只有你这样的小混混才会玩儿这种鬼把戏!”他说。

古特曼咯咯地笑着。

布丽姬·奥肖内西穿好衣服，走出了卫生间。她朝起居室迈了一步，然后转身去了厨房，打开了灯。

凯罗朝小伙子身边挪了挪，又开始在他耳边低语。小伙子不耐烦地耸了耸肩。

斯佩德看了看手里的枪，又看了看古特曼，然后走到门厅里，来到壁橱前。他打开壁橱的门，把几把手枪都放在箱子顶上，然后关上壁橱门，把壁橱门锁好，把钥匙放进裤兜里，走到了厨房门口。

布丽姬·奥肖内西正在往一个铝制的咖啡壶里灌水。

“吃的都找到了吧?”斯佩德问。

“找到了。”她头也不抬，冷冷地回答道。她把咖啡壶放到一边，走到了门口。她的脸红了，大眼睛里泪水汪汪。“你不应该那么对待我，山姆。”她轻声说。

“我不得不查明白，宝贝儿。”他俯身轻轻地吻了吻她的嘴，然后返回了起居室。

古特曼微笑着把那个白信封递给斯佩德，说：“这很快就属于你了，你不妨现在就拿着它。”

斯佩德没有接，而是坐进扶手椅里，说：“有的是时间拿。钱的事情咱们还没谈妥呢，我应得的可不止一万美元呀！”

古特曼说：“一万美元可是一大笔钱呀！”

斯佩德说：“你这是在套用我的话，可这毕竟不是世上所有的钱。”

“对，先生，不是世上所有的钱。没几天你就轻而易举地把它拿到手了，钱数可不算少。”

“你真以为我得到这钱轻而易举？”斯佩德耸了耸肩，“好吧，就算容易，那也是我的事。”

“这当然是你的事！”胖子表示同意。他眯起眼睛，朝厨房那边点了点头，压低了嗓音，“你要跟她分钱吗？”

斯佩德说：“那也是我的事。”

“那当然。”胖子再一次表示同意，“不过，”他犹豫了一下，“我想奉劝你一句。”

“请讲！”

“我敢说，你肯定会给她一些钱。不过，如果你没给到她应得的那个数，那你中就要留神了。”

斯佩德眼里闪出一丝嘲讽的光亮。“遭殃？”他问。

“遭殃。”胖子答道。

斯佩德咧嘴笑了笑，动手卷一支烟。

凯罗搂住小伙子的肩膀，仍然在他耳边叽里咕噜地说个不停。突然，小伙子推开他，转身面对着这个黎凡特人，一脸厌恶的表情。他一拳打在凯罗的嘴上，凯罗像个娘儿们似的叫了一声，退到沙发另一端去了。他从兜里掏出一块真丝手绢，捂在嘴上。手绢被拿开的时候，上面沾满了血。他又把手绢捂在嘴上，责怪地看着小伙子。小伙子咆哮着："离我远点儿!"一时间，房间里满是凯罗手绢上素心兰香水的气味。

闻听凯罗的叫声，布丽姬·奥肖内西跑到门口来。斯佩德咧着嘴笑着，指了指沙发，对她说："爱的教育！吃的准备好了吗?"

"马上就好。"她说着，返回了厨房。

斯佩德点着烟，对古特曼说："咱们谈谈钱吧!"

"我很愿意奉陪，先生，"胖子答道，"不过我现在不妨坦白地告诉你，我只能筹到这一万美元。"

斯佩德喷出一口烟，说："我应该得两万美元。"

"我也希望你能得到两万美元。如果我有的话，会痛痛快快地给你的，可是我以名誉担保，我手头上只有这一万美元。当然了，先生，这不过是首付款。以后——"

斯佩德哈哈大笑。"我知道，你以后会给我一百万!"他说，"不过咱们现在只谈这笔首付款的数目。一万五千美元如何?"

古特曼微微一笑，皱起了眉头。"斯佩德先生，我开诚布公地告诉你，并且用绅士的名誉担保，一万美元是我的全部所有，我只掏得出这么多钱。"

"可你当初并没有说得这么具体。"

古特曼哈哈大笑，说："具体……"

斯佩德失望地说："这可不太好，不过，如果你真的只拿得出这么多钱，那就给我吧。"

古特曼把信封递给了他。斯佩德数了一遍钞票，装进兜里。这时，布丽姬·奥肖内西端着盘子走了进来。

小伙子不肯吃。凯罗拿了一杯咖啡。姑娘、古特曼和斯佩德吃了她做的炒鸡蛋、咸肉、烤面包和柠檬果酱，每人喝了两杯咖啡。然后，大家安下心来等待天亮。

古特曼一边抽着雪茄，一边看着《美国著名罪案录》，时不时地暗自发笑，或者加以评论。凯罗只顾护理自己的嘴，绷着脸坐在沙发的一头。小伙子双手捧着头，一直坐到四点多钟，然后脚朝着凯罗、面对着窗户躺下睡觉了。布丽姬·奥肖内西坐在扶手椅上，听听胖子的评论，跟斯佩德扯上几句不着边际的闲话。

斯佩德卷了好几支烟，一支接一支地抽，不慌不忙地在房间里踱来踱去。他有时坐在椅子的扶手上，有时坐在桌子角上，有时坐在姑娘脚边的地板上，有时坐在另一把靠背椅上。他毫无睡意，兴致勃勃。

五点半钟，他走进厨房，又煮了些咖啡。又过了半个小时，小伙子醒了，打着呵欠坐了起来。古特曼看了看手表，问斯佩德："你现在能拿来吗？"

"再等一个钟头。"

古特曼点了点头，继续看他的书。

七点钟，斯佩德走到电话机旁边，拨通了埃菲·佩林家的电话。"喂，佩林太太吗？……我是斯佩德。请你叫一下埃菲，我要和她说话……对，是的……谢谢。"他用口哨轻声吹了几句《古巴之歌》，"喂，宝贝儿，很抱歉把你叫起来……你到户名为霍兰的邮箱里去取一个信封，上面的地址是我写的。信封里有一张匹克威克公共汽车站行李房的存单——咱们昨天拿到的那个包裹的存单。你去取出包裹，给我送来……对，我在家里……真乖……快点儿啊……再见。”

八点十分，门铃响了。斯佩德按了一下电钮，打开了大门的锁。古特曼放下书，微笑着站起身来说：“你不介意我跟你一块儿到门口去吧？”

“好啊！”斯佩德对他说。

古特曼跟着他来到了公寓门口，正好碰见埃菲·佩林夹着那个棕色的纸包从电梯上下来。她那张男孩子气的脸充满了朝气。她快步走过来，只朝古特曼瞥了一眼，就笑着把包裹递给了斯佩德。

他接过包裹，说：“多谢，小姐！占用了你的休息日，真不好意思！不过——”

“你又不是头一回占用我的休息日！”她笑着答道。她看出他没有请她进屋的意思，便问：“还有别的事吗？”

他摇了摇头：“没事了，谢谢！”

她说了声“再见”，就向电梯走去。

斯佩德关上门，把包裹拿到了起居室。古特曼脸色通红，腮帮子直发抖。斯佩德刚把包裹放到桌上，凯罗和奥肖内西他们就围了过来。大家都很激动。小伙子站起身，脸色苍白，神情紧张，不过他仍然留在沙发旁边，盯着其他人看。

斯佩德从桌边后退了一步，说：“你来吧！”

古特曼很快就用胖手指头把包装纸、绳子和刨花都除去了。他双手捧起这尊猎鹰的雕像，声音沙哑地说：“啊！等了十七年，终于到手啦！”他热泪盈眶。

凯罗舔了舔嘴唇，双手交叉。姑娘咬着下嘴唇，与凯罗、古特曼、斯佩德和小伙子一样，呼吸沉重。房间里的空气凉而浑浊，满是烟味。

古特曼再次把猎鹰的雕像放到桌上，在口袋里摸索着。“就是它！”他说，“不过咱们还得核实一下。”他那张圆脸上满是汗珠。当他从口袋里掏出一把金色的小刀，把它打开时，他的每一根手指头都在抽搐。

凯罗和姑娘站在他的两侧。斯佩德往后退了一步，这样一来，他既可以监视小伙子，又可以看着桌边这堆人。

古特曼把猎鹰的雕像颠倒过来，用刀刮基部的边。细小的黑釉屑被刮了下来，露出发黑的金属。古特曼把金属用刀切开一条又细又弯的缝。刀口里面，被刀刃剜出的那个窄窄的平面，散发着铅灰色的柔和光泽。

古特曼倒吸了一口凉气，热血涌到脸上。他再次把猎鹰的雕像翻过来，用刀砍它的脑袋。于是，里面的铅露了出来。他任凭刀子和猎鹰的雕像砰的一声掉到桌上，转过身来面对着斯佩德，声音嘶哑地说：“这是个赝品。”

斯佩德脸色阴沉，缓缓地点了点头，一把抓住布丽姬·奥肖内西的手腕，把她拉向自己。他用另一只手抓住她的下巴，粗鲁地抬起她的脸蛋。“好啊，”他对她吼道，“你和我们开了个小玩笑！告诉我们，这是怎么回事？”

她叫道：“不，山姆，不！这就是我从凯米多夫那儿弄来的。我发誓——”

乔尔·凯罗冲到斯佩德和古特曼中间，尖声叫道：“就是他！就是他！全怪那个俄国佬！我本应该知道！我们都当他是傻瓜，可他却把我们给耍了！”眼泪顺着黎凡特人的面颊流淌，他蹦个不停。“都怪你！”他朝古特曼尖叫道，“都是你——试图从他手里买下它来！你这头蠢猪！他知道了它是个值钱的物件，就为咱们做了个复制品。难怪我们不费吹灰之力就把它偷到手了！难怪他那么情愿派我到世界各地去寻找它！你这个低能儿！你这个白痴！”他双手捂住脸，号啕大哭起来。

古特曼茫然地眨着眼睛，身体抖了一下。“得了，先生，”他和颜悦色地说，“没必要这样。智者千虑，必有一失。谁都明白，这件事对我的打击最大。没错，是那个俄国人捣的鬼，这一点是毫无疑问的。啊，先生，你有何建议？难道大家就站在这儿哭天抹泪，你骂我，我骂你？还是应该——”他停顿了一下，天真地笑着，“回君士坦丁堡去呢？”

凯罗把手从脸上放了下来。他结结巴巴地说：“你——”他恍然大悟，惊得连话都说不出来了。

古特曼拍了拍两只胖手，眼睛闪闪发光。他自鸣得意地说：“十七年来，我一直想把它搞到手。如果我必须再花上一年的时间寻找它的话，那么从时间成本上讲，只不过是又多花了——”他一边计算，一边默念着，“百分之……”

黎凡特人咯咯地笑着喊道：“我和你一起去！”

斯佩德突然松开姑娘的手腕，环视了一下房间，发现小伙子不见了。斯佩德走到门厅里，发现大门敞开着。斯佩德不满意地撇了撇嘴，关上门，回到起居室门口，靠在门框上，看着古特曼和凯罗。他看了古特曼好长时间，目光乖戾。然后，他模仿胖子沙哑的嗓音开口说道：“好吧，先生，我必须说，你们真是一伙江洋大盗。”

古特曼笑道：“我们战况不佳，这是事实，先生。但是，啊，我们没有损失一个人。遇到一点儿挫折就以为世界末日到了，这种想法毫无意义。”他把左手从身后拿出来，向斯佩德伸过去，肉乎乎的手掌朝上，“我得要回那个信封，先生。”

斯佩德一动不动，漫无表情地说道：“我做了我该做的事。你得到了你的小玩意儿。那东西不是你想要的，那是你自己运气不佳，不能怪我。”

“得了，先生，”古特曼劝说道，“我们全盘皆输，没理由指望我们当中的任何一个人单独承受打击。此外——”他把右手从身后拿出来，手里握着一把手枪，一把华丽的、镶有金银珠宝的手枪，“简单地说，先生，你必须把那一万美元还给我。”

斯佩德面不改色地耸了耸肩，从兜里掏出了信封。他伸出手去把信封递给古特曼的时候，犹豫了一下。他打开信封，拿出一张千元大钞，塞进自己的裤兜，然后把信封合上，递给古特曼，说：“这就算补偿我的时间和花费吧！”

古特曼稍微停顿了一下，然后模仿斯佩德耸了耸肩，接过信封说：“好吧，先生，我们要跟你说‘再见’了，除非——”他眼睛周围的肥膘皱了起来，“你愿意与我们一道去君士坦丁堡探险。你不愿意？那好吧，先生，说实话，我很希望带上你。你是我喜欢的那种人，一个有判断力的人，相信你绝不会把我们这个小团体的任何秘密透露出去。目前的形势是，你和可爱的奥肖内西小姐与我们面临着同样的法律问题。你太聪明了，不会不明白这一点！”

“这我明白。”斯佩德说。

“我相信你。现在，你没有替死鬼也能对付警察。”

“我会应付过去的。”斯佩德答道。

“我相信你。好啦，先生，告别词越短越好。再见！”他庄重地鞠了个躬，“还有你，奥肖内西小姐，再见！桌上的这个稀罕玩意儿，就留给你作个小小的纪念吧。”

第二十章 如果他们绞死你

卡斯珀·古特曼和乔尔·凯罗离开了公寓。斯佩德站在那儿一动不动地盯着起居室的门把手，足足盯了五分钟。他眼神阴郁，眉头紧锁，鼻梁上方那几道竖纹又深又红。他噘起嘴，又把嘴唇缩了回去，形成一个“倒八字”。他向电话机走去，始终没看站在桌边的布丽姬·奥肖内西。布丽姬·奥肖内西正神色不安地看着他。

他拿起话筒又放下，俯身翻看着电话簿。他飞快地一页页翻着，最后把手指头放在一行号码上。他直起身体，再次拿起话筒，拨通了一个电话：

“喂，波尔豪斯探长在吗？……请叫他一声，好吗？我是塞缪尔·斯佩德……”他茫然地等待着，“喂，汤姆，我要向你通报一些情况……是的，不少。是这么回事：瑟斯比和雅各比是被一个叫威尔默·库克的小崽子击毙的。”他把小伙子的特征详细地描述了一番，“他给一个名叫卡斯珀·古特曼的人当马仔。”他又形容了一下古特曼的特征，“那个叫凯罗的家伙，你们在我家碰见过的那个，也和他们是一伙的……对，是这样……古特曼曾经住在亚历山德里亚旅馆十二层C室，有可能退房了。他们刚从我家出去，马上就要离开旧金山了，所以你们得快点儿行动。不过，他们有可能料想不到自己会被逮捕……还有一个小姑娘，是古特曼的女儿。”他又形容了一下雷娅·古特曼的特征，“你们抓那个小崽子的时候要注意，据说他枪法很准……对，汤姆，我这儿有点儿东西要交给你。我搞到了他用过的枪……对，赶快！祝你好运！”

斯佩德缓缓地将话筒挂到了机座上。他舔了舔嘴唇，看了看自己的双手——手心里全是汗。他挺起胸膛，深吸了一口气，两只眼睛炯炯有神。他转过身，快速走进了起居室。

布丽姬·奥肖内西见他突然进来，吓了一跳。

斯佩德与她脸对着脸，站得很近。他身材高大，骨骼粗壮，肌肉发达，笑容冷峻。他说：“他们一旦被捕，就会供出咱们来。咱们现在是坐在炸药包上，只有几分钟的准备时间。赶快把事情的经过告诉我！是古特曼派你和凯罗去君士坦丁堡的吗？”

她想开口说话，却又犹豫起来，咬住了嘴唇。

他把一只手放到了她的肩膀上。“妈的，快说！”他说，“我和你是一条战壕里的战友，你装哑巴可不行。说呀！是他派你们去君士坦丁堡的吗?”

“是——是的，是他派我去的。我在那儿遇见了乔尔，我——我就叫他帮助我。后来我们——”

“等一下！是你让凯罗帮你把东西从凯米多夫那儿偷出来的?”

“是的。”

“为了古特曼?”

她又开始犹豫了。在他愤怒、严厉的目光下，她扭动着身子，最后咽了口唾沫，说：“不，当时不是为了古特曼，而是为了我们自己。”

“好吧，后来呢?”

“啊，后来我担心乔尔会不守规矩，就请瑟斯比来帮我了。”

“他帮了你，对吧?”

“对，我们把东西搞到手之后，就去了香港。”

“你们在此之前就把他给甩了?”

“是的。我们把他丢在了君士坦丁堡，把他送进了牢房——为了一张支票。”

“这是你设计的，为的是把他留在那里?”

她满面羞愧地望着斯佩德，低声说：“是的。”

“好吧。你和瑟斯比带着猎鹰的雕像去了香港?”

“是的。当时我对他还不太了解，不知道他是否可以信赖。我遇见了雅各比船长，知道他的船要到这儿来，于是请他为我带个包裹，里面是这尊猎鹰的雕像。不管怎么说，我认为这样会安全些。我不知道瑟斯比是否值得信任，也拿不准乔尔或者某个古特曼的手下是否会与我们乘同一条船……”

“好吧。后来，你和瑟斯比乘同一条快船来到了这里。再后来呢?”

“我担心古特曼，到处都有他的眼线，他很快就能知道我们都干了些什么。我担心他已经知道我们从香港来旧金山了。他当时在纽约，一旦有人发电报告诉他我们的情况，他就会与我们同时赶到这儿来，或者比我们更快。他果然来了。当时我还不知道，可我必须在这儿等着，等雅各比船长的船抵达。我担心古特曼找到我，或者找到弗洛伊德，所以我来找你，请你盯住他。”

“这是谎话!”斯佩德说，“你勾搭上了瑟斯比，他专门上女人的当。他的案底里记载得清清楚楚，他几次进去都是因为女人。一次犯傻，永远犯傻。也许你不了解他的过去，但现在你已经把他牢牢地攥在手里了。”

她脸红了，胆怯地看着他。

他说：“你想趁雅各比船长带着赃物到来之前把瑟斯比支开。你是怎么计划的?”

“我——我知道他是跟一个出了事的赌棍一起离开美国的。我不清楚到底出了什么事，但我想，如果事情很严重，他发现有侦探盯梢，就会赶紧溜走。没想到——”

“你告诉他，有人跟踪他。”斯佩德信心十足地说，“虽说迈尔斯有些木讷，但他也不至于笨到如此地步，第一个晚上就被发现了。”

“是我告诉弗洛伊德的，没错。那天晚上我和他出去散步的时候，我假装发现阿彻先生在跟踪我们，并指给弗洛伊德看。”她抽泣起来，“可是请相信我，山姆，如果知道弗洛伊德会杀死他，我就不会那么做了。我以为他会离开这座城市，可万万没想到弗洛伊德竟然一枪把他打死了。”

斯佩德似笑非笑地说：“如果你以为弗洛伊德·瑟斯比不会开枪，那就对了，宝贝儿。”

姑娘那扬起的脸上流露出惊异的神色。

斯佩德说：“瑟斯比并没有开枪打死迈尔斯。”

姑娘表示怀疑。

斯佩德说：“迈尔斯确实有些木讷，可他干了这么多年侦探，是不会轻易被逮个正着的。被堵在一条死胡同里，屁股后面别着枪，大衣裹得严严实实吗？这是不可能的。他像其他男人一样笨，却不至于笨到这种程度。那条小巷仅有的两个出口，站在隧道上方布什街的街边上就可以观察到。你告诉过我们，瑟斯比不会演戏。他没办法把迈尔斯骗进这样一条死胡同，也没办法把迈尔斯驱赶进去。”

他深情地对姑娘微微一笑，说：“一旦确信巷子里没有其他人，宝贝儿，他就会跟你一起走到巷子里去。你是他的委托人，所以如果你追上他，要他与你一起走进那条巷子，而他刚刚从那条巷子里走出来——他是没有理由不放弃跟踪，和你一起走进巷子的。他准是傻乎乎地上下打量着你，舔着嘴唇，笑得嘴巴咧到了后脑勺。然后，你准是站得离他很近，用那天晚上从瑟斯比那儿拿来的枪，给他身上穿了个窟窿。”

布丽姬·奥肖内西从他身边退到了桌子前面。她惊恐地看着他，喊道：“不要——不要这么说我，山姆！你知道我没那么做！你知道——”

“别编了。”他看了看腕上的手表，“警察随时都会来——你我正坐在炸药包上。说！”

她把手放到额头上说：“哦，你为什么指控我犯有如此可怕的——”

“你还在瞎编!”他不耐烦地低声说道，“这儿可不是女学生演戏的剧场。听我说，你我二人正在绞刑架下坐着呢……”他拉着她的手腕，扶她站直身体，“说!”

“我——我——你怎么知道他——他舔着嘴唇，打量我——”

斯佩德哈哈大笑，然后说：“我了解迈尔斯，不过现在先别管这个。你为什么要开枪打死他?”

她把手腕从斯佩德手中挣开，搂住他的脖子，把他的脑袋向下拉，直到他的嘴全部贴在她的嘴上。她的整个身体紧贴着他。他用双臂紧紧地搂住了她。她半闭着眼睛，声音颤抖地说：“一开始我没想那么干，真的，可是我看见弗洛伊德没被吓住，我就——”

斯佩德拍了拍她的肩膀，说：“这是谎话。是你要求我和迈尔斯处理这件事情的。要确保跟踪瑟斯比的人认识你，你也认识他，这样他才肯跟你走。那天晚上，你拿了瑟斯比的枪。你在皇冠公寓租了房子。你把箱子都转移到了公寓里，旅馆里根本就没有箱子。我到你的公寓里去查看的时候，发现了一张租房收据，上面的日期比你告诉我的租房日期要早五六天。”

她费劲地咽了口唾沫，低声下气地说：“对，我是在撒谎，山姆。我确实打算，如果弗洛伊德——我——我不能在讲这事的时候看着你，山姆。”她把他的头往下按了按，把脸贴到他的脸上，把嘴凑到他的耳边，悄声说：“我知道弗洛伊德没那么容易被吓唬住，不过我认为，如果他知道有人在跟踪他，就会去——哦，我说不出来，山姆!”她紧紧地抱住他，抽泣着。

斯佩德说：“你认为弗洛伊德·瑟斯比会去对付跟踪他的人，他们两个总有一个会倒下。如果瑟斯比死了，那么你就相当于甩掉了他。如果迈尔斯死了，那么你就可以看到弗洛伊德被抓起来，同样相当于甩掉了他。对吗？”

“差——差不多。”

“当你发现瑟斯比并没有打算去对付他的时候，你就借了他的枪，亲自动手了。对吗？”

“不完全对。”

“差不多吧！你一开头就这么计划好了。你以为瑟斯比会因杀人而被抓进去。”

“我——我以为他们至少会把他关到雅各比船长把猎鹰的雕像带来之后。我当时——”

“你当时并不知道古特曼正在四处找你，否则你就不会摆脱你的打手了。你一听说瑟斯比被打死了，就知道古特曼已经来了。这时你才知道，你需要一个新的保护人，于是你又回来找我了。对吗？”

“对。不过——哦，亲爱的，也不完全是因为这个。我早晚会回来找你的。我第一次见你，就知道——”

斯佩德温和地说：“宝贝儿！啊，如果你运气好，二十年后就能从圣昆廷监狱里出来了，那时候你可以回来找我。”

她的脸离开了他的脸。她用力把头缩回来，茫然地注视着他。

他脸色苍白，温和地说：“我真希望他们别把绞索套在你可爱的脖子上，亲爱的。”他抬起双手，抚摸着她的喉咙。

她立刻从他的怀抱里挣脱出来，退到桌边，用手护住了喉咙。她面容憔悴，眼睛睁得大大的。她声音沙哑地说："你不会——"下面的话她再也说不出来了。

斯佩德的脸色黄里透白，嘴角和眼角都带着微笑。他温柔地说："我要把你交出去。你还有机会保全自己的性命。这意味着，二十年之后你会重见天日。你是我的宝贝儿，我会等你。"他清了清嗓子，"如果他们绞死了你，我会时常想念你的。"

她垂下双手，挺直了身体，面部表情趋于平和，目光中流露出些许的怀疑。她对他报以温柔的微笑。"别，山姆，就算是开玩笑也别这么说。哦，你刚才真把我吓坏了！我真以为你要——你尽干这种出人意料的疯狂事！"她把脸探向他，牢牢地盯着他的眼睛。她脸上的皮肉颤抖着，眼睛里充满了恐惧。"什么——山姆！"她再次把手放到了喉咙上。

斯佩德放声大笑，黄里透白的脸上满是汗水。虽然他仍然笑容满面，可他的声音却不再温柔。他歇斯底里地说："别犯傻了，你要接受失败！你我之中必须有一个人接受失败！那些家伙过堂之后，也会接受失败的。衙门里的人肯定想把我送上绞架。你可能运气好一些，对吧？"

"可是，山姆，你不能这样啊！看在你我恩爱一场的分上，你不能——"

"为什么不能？"

她浑身颤抖，深吸了一口气，说："你一直在耍我，假装喜欢我，骗我上钩！你一点儿都不喜欢我，根本就不爱我！"

"我想，我是爱你的。"斯佩德说，"可那又怎么样？"他脸上的笑容凝固了，"我不是瑟斯比，也不是雅各比，不会为你卖命的。”

“这不公平！”她喊道，泪水在眼睛里打转，“你不能这么说！”

“我只能这么说。”斯佩德说，“你主动投怀送抱，好躲过我的盘问。你昨天还帮着古特曼打电话求救，骗我出来。昨天晚上，你带他们来到这里，然后在外面等着跟我一起进来。他们围上来的时候，你一头扎到了我怀里——就算我身上有枪也没法掏，就算我想打你也没法动手。他们没有带你一起走，是因为古特曼太精明了。他以为我会为你卖命……不想伤害你，自然就不会伤害他。”

布丽姬·奥肖内西眨了眨眼睛，强忍住泪水，向他迈进了一步。她看着他的眼睛，目光坦率而骄傲。“你骂我是骗子，你又何尝不是在骗人？虽然发生了这一切，但我仍然是爱你的，这是事实。如果你说你不知道这一点，那么你就是在骗人。”

斯佩德的眼里布满了血丝，他那满是汗水、凝固着笑容的脸上没有任何表情。“也许你说的对，”他说，“可那又怎么样呢？我应该信任你吗？信任你这个给我的前任——瑟斯比——设下圈套的人？信任你这个为了出卖瑟斯比，便像拍死一只苍蝇那样干掉与你无冤无仇的迈尔斯的人？信任你这个出卖了古特曼、凯罗、瑟斯比的人？信任你这个从未光明磊落过的人？我该信任你吗？不，不，亲爱的，即使我能够信任你，我也不愿意信任你。我凭什么信任你呢？”

她十分冷静地说：“你凭什么信任我？如果你一直都在逢场作戏，如果你并不爱我，那就没什么可说的了。”

斯佩德眼睛通红，脸上的表情十分怪异。他清了清嗓子，然后说："空谈是没有用的。"他把一只手放到她的肩膀上，抖个不停，"不管谁爱谁，反正我是不会为你卖命的。我不会去走瑟斯比以及天知道什么人走过的老路。你杀了迈尔斯，就得为此而受审。我本可以放过其他人，尽我所能避免让警察介入，以这种方式来帮助你，可为时已晚。我现在帮不了你了，即使能帮也不会帮。"

他的手仍在她的肩上，她伸出手来按住了他的这只手。"你可以不帮我，"她悄声说，"但是请不要伤害我。我现在就离开这里。"

"不行！"他说，"如果不把你交给警察，我就完了。只有这样，我才能不和他们一起去坐牢。"

"你不肯为我这么做吗？"

"我不想为你卖命。"

"请你不要说这么难听的话。"她把他的手从自己的肩膀上拿下来，放到了自己的脸上，"你为什么一定要这样对我，山姆？对你来说阿彻先生并不那么——"

"迈尔斯是个浑球儿！"斯佩德声音沙哑地说，"我们合作的头一个星期，我就发现了这一点。我本打算合同一到期就让他滚蛋……你杀了他，对我没有半点儿损害。"

"那你又何苦呢？"

斯佩德毫无表情地把手抽了回来，脸上的皱纹变深了。他说："听着，你杀了他对我来说没有半点儿好处。你不会理解我的，不过我还是想解释一下。合伙人被杀了，他总该做些什么吧！他曾经是你的合伙人，你就不应当袖手旁观。更何况，我们是侦探，自己侦探社的人被杀了，却让凶手逍遥法外，这无论如何都说不过去。第三，作为一名侦探，找到了罪犯，却又放他们走，这就等于放虎归山。”

“你不是认真的，”她说，“你以为我会相信你说的这些话吗？难道这就是送我进监狱的充分理由吗？”

“等我讲完了你再说。第四，无论我想出什么办法，只要放你走了，我就得与他们一起上绞架。第五，我没有理由信任你，即使这次侥幸脱了身，也会让你抓住把柄，这样你就可以随时处置我了。第六，我手里也攥着你的把柄，所以说不准哪一天你就会在我身上穿个窟窿。第七，虽然我不愿意这么想，但你仍然有可能把我当成傻子来耍。第八……这已经足够了。也许其中一些理由不太重要。我不想与你争论……也许我爱你。”

她悄声说：“爱不爱我，你心里明白。”

“我不明白——被你迷上很容易。”他饥渴地对她从头看到脚，最后目光落到了她的眼睛上，“我不知道这有什么意义。人人都迷恋你！就算我迷上了你，那又能说明什么呢？……然后呢？然后我会像傻瓜一样放了你，自己却被送了进去。如果把你送进去，我肯定会非常伤心，不过很快就会过去的。听着，”他抓住她的双肩，使她向后仰，“如果这番话对你来说毫无意义，那么你就把它忘掉，咱们将其归结为：我不肯放你，是因为我不计后果，就这么干了。另外，你为了让我帮你而耍手段，与对别人耍的手段如出一辙。”他把手从她的肩膀上拿了下来。

她双手捧住他的面颊，把他的脸拉了过来。“看着我，”她说，“跟我讲实话。如果猎鹰的雕像是真的，钱也付给你了，你还会这样对我吗？”

“现在说这种话有意义吗？我没有你认为的那么坏。这种名声也许对我有利——人家会出大价钱来请我办案，跟对手打交道会更容易一些。”

她看着他，什么都没说。

他耸了耸肩，说：“是啊，一大笔钱至少会给天平的一侧加上点儿分量。”

她把脸贴到了他的脸上。她把嘴巴微微张开，向外噘起，悄声说：“如果你爱我，就不需要在天平上加什么了。”

斯佩德咬紧牙关，从牙缝里挤出一句话：“我不替你卖命。”

她把嘴贴到他的嘴上，用双臂搂住他，倒在他怀里，依偎着他。这时，门铃忽然响了起来。

斯佩德搂着布丽姬·奥肖内西，打开了公寓的门。邓迪副队长、汤姆·波尔豪斯探长，以及另外两名探员在门外站着。

斯佩德说：“你好，汤姆。逮住他们了吗？”

波尔豪斯说：“逮住了。”

“好极了，请进。这儿还有一个人要交给你们。”斯佩德把布丽姬朝前推去，“是她杀死了迈尔斯。我还有几样物证——那个小崽子的两把枪、凯罗的一把枪和一尊黑色雕像，还有一张一千美元的钞票，是用来收买我的。”他看了看邓迪，皱起了眉头，“你的小朋友怎么了，汤姆？他看上去很伤心。”他放声大笑起来，“上帝啊！我敢打赌，他听到古特曼的事之后，准以为抓住了我的把柄。”

“别说了，山姆，”汤姆嘟囔着，“我们并没有认为——”

“那就怪了！”斯佩德快活地说，“他流着口水跑到我这儿……不过你老兄还不糊涂，知道我一直都在等古特曼——”

“停！”汤姆不安地斜眼看着自己的上司，“不管怎么说，我们从凯罗口中得知，古特曼死了。我们赶到的时候，那个小崽子刚对他开过枪。”

斯佩德点了点头。“他应该想到这一点。”他说。

星期一上午十一点多钟，斯佩德走进了自己的办公室。埃菲·佩林立刻放下手中的报纸，从斯佩德的椅子上跳了起来。

他说：“早上好，宝贝儿！”

“报纸上说的都是真的吗？”她问。

“是真的，亲爱的。”他把帽子放到办公桌上，然后坐了下来。他脸色苍白，脸上的皱纹十分清晰，眼睛里仍然有一些血丝。

姑娘睁大了棕色的眼睛，嘴巴抽搐了一下。她站在他身边，低头盯着他。

他抬起头，咧嘴一笑，嘲讽地说：“就凭女人的直觉？算了吧！”

她的嗓音与她脸上的表情一样怪：“是你把她送进去的吧，山姆？”

他点了点头。“你的山姆是个侦探，”他目光锐利地看着她，搂着她的腰，把手放在她的屁股上，“确实是她杀死了迈尔斯，宝贝儿！”他温柔地说，“冷不防下的手。”他打了个响指。

她从他的臂弯中挣脱出来，结结巴巴地说：“别……别碰我！我知道……我知道你是对的……可你现在别碰我……现在不行。”

斯佩德的脸色变得像他的衣领一样苍白。

通向走廊的房门响了一下。埃菲·佩林迅速转过身，去了外间办公室，并且关上了房门。

她返回来时，用单调的声音低语道：“爱娃来了。”

斯佩德令人不易察觉地点了点头。“知道了。”他说，“好吧，请她进来！”

Samuel Dashiell Hammett
THE MALTESE FALCON

本书根据 Everyman's Library 出版社 2000 年版译出